毎日読みます

ファン・ボルム　牧野美加訳

매일 읽겠습니다
황보름

集英社

毎日読みます

・本書に登場する書籍の引用箇所については、
原書が日本語の書籍のものは当該作品の本文をそのまま引用し、
それ以外の国の書籍については、訳者があらたに訳出した。

・作品タイトルについて、
原則として邦訳が確認できたものはそれに従い、
複数の表記がある場合は一つを選択した。

・邦訳されていない作品のタイトルについては、
訳者と編集部が訳し、（日本語直訳）として表記した。

・訳注は〔〕で記した。

より勇気ある、
より揺らがない人間に

二〇一七年にこの本を書きはじめたとき、二四インチのモニターに付箋を一枚貼っておいた。

本と親しくなる方法

仮につけたタイトルだった。どうすれば人は本と親しくなれるだろうか？　方法を考えてみた。どんな本を読めばいいかわからないなら、ベストセラーのリストを参考にしたらどうだろう。ページが進まない本と一週間以上も格闘しているなら、「完読」しなければというプレッシャーを捨ててほかの本に目を向けてみたらどうだろう。人生が不安なときは、不安の原因を本で探ってみてはどうだろう。絶望の日々を過ごしているなら、自分を救い出してくれる文章を本に求めてはどうだろう。時間がないなら、隙間時間に読んでみたらどうだろう。本に集中できないなら、タイマーをかけて読んでみるのはどうだろう。頭に浮かんだアイデアを順に並べ、それぞれＡ４用紙一枚前後の文章にまとめはじめた。

原稿を書いているあいだずっと、穏やかな幸せを感じていた。初めて本を書くことになった喜びと、それも自分の一番好きな「本」をテーマに書くのだという興奮が冷めやらなかった。刊行前にタイトルが『毎日読みます』に決まり、「本と親しくなる方法」の一環として、初版にはウィークリープランナーも収められた。

本が出たからといって、わたしの日常が大きく変わることはなかった。以前と同じく、「インドア派」の本分に忠実に、部屋で本を読んだり、ものを書いたりする日々を過ごしていた。とはいえ、以前と変わったこともいくつかある。一つは、これまでずっと「読者」として生きてきたわたしが「無名作家」に名を連ねたという点。もう一つは、著者として新たな経験をするようになったという点だ。

読者の方々からメールや手紙をもらい、ポータルサイトに書き込まれる心のこもったレビューを読み、わたしの本を課題本とする読書会の存在を知り、ドキドキワクワクのトークイベントに参加し、「作家さん」と呼ばれた。いずれも、本を書いていなかったらけっして味わうことのなかった、驚くべき、心満たされる経験だった。

でも、自分は作家になったのだとはっきり実感したのは、実は意外な瞬間だった。いつものように机に向かって何かを書いている途中、椅子を回転させ背後の本棚に目をやったときのことだ。数百冊の本がぎっしり詰まっている本棚。一角には「人生の本」と呼ぶにふさわしい本が並び、別の一角には、最近せっせとアンダーラインを引きながら読んだ本が並んでいて、また別の一角には、記憶はあったりなかったりだけれど、かつてわたしと一日を共にしてくれた本が並んでいる本棚。そんな本棚を眺めていたとき、ふとこんな思いが浮かんだのだ。

わたしの本棚にあるこの本たちのように、誰かの本棚にはわたしの本があるかもしれないんだな。わたしと同じく、その人も本棚を眺めて、今日はこの本を読んでみようか、とわたしの本を開いてみるかもしれないんだな。誰かの本棚に、ほかの本たちと肩を並べて収められているわたしの本。その様子を頭に描いてみると、なんだか胸が震えた。一読者から作家への第一歩をようやく踏み出したのだという気がした。

韓国で『毎日読みます』を刊行して三年が経《た》った。その間にわたしはさらに二冊の本を出し、相変わらず「無名作家」に名を連ねている。もちろん、相変わらず本も読んでいる。本を読むことは、わたしとは切っても切り離せないものだ。人生で問題が起きたら、最終的には本に答えを求めるしかないのだから。世の中が、人生が、自分自身が、あなたのことが気になるとき、理解できないとき、知りたいときは、やはり本を開くしかないのだから。

本が毎回明確な道を示してくれたわけではないけれど、手がかりは与えてくれた。どの道を行けば、求めている答えを見つけられるだろう、という手がかり。わたしはその手がかりを握りしめ、見知らぬ道へと足を踏み出した。そうやって本を読んでいるうちにわかったことがある。何も持たずに道を歩んでいくときよりも、誰かが丁寧に握らせてくれた手がかりを頼りに歩んでいくときのほうが、わたしは、より勇気ある、より揺らがない人間になれるという点だ。少しの勇気と、少しの強さを、わたしは本から得た。

改訂版刊行の提案を受け、初版の『毎日読みます』を久しぶりに読み返してみた。書いてからまだ三年しか経っていないけれど、これを書くに至るまで自分がいかに熾烈《しれつ》に本を読んでいたかがあらためて感じられた。社会人一年生のストレスや憂鬱に耐えながら、夢を追う人生で不安を背負いながら、一瞬一瞬の喜びや悲しみを味わいながら、ずっと本を手放さなかった自分がそこにいた。

本好きが高じてついに読書エッセイまで書いた過去の自分を回想していたわたしは、さあ今日はどんな本を読もうかと部屋の中を見回してみた。鉛筆が挟まったままの読みかけの本や、数日前オンライン書店から届いた本、町の本屋さんの読書会で読む本などがあちこちに散らばっている。さて、わたしはどの本を手に取るだろうか。

退屈で、物語が恋しくて、虚《むな》しくて、友だちに共感したくて、世の中に希望を持ちたくて、そして究極的には、ただただ何かが読みたくて、わたしは毎日本を読んできた。これからも読みつづけるだろう。

二〇二一年、ファン・ボルム

心がざわつくときは
本という部屋に入ってゴロゴロしていた

中学生のころ、友人たちと一緒に登校していた。おしゃべり好きな女子中学生たちは歩きながらもずっと、競い合うように自分の話をしていたが、ごくたまに、わたしの独擅場《どくせんじょう》になることもあった。前夜読んだ本の内容で頭がいっぱいの朝は、決まってそうだった。本に関することを友人たちにとりとめもなく話していると、いつしか学校に到着していた。上靴に履き替えながらも気はそぞろ、ということもあったはずだ。早く家に帰って昨日の続きを読みたかった。

本で読んだ物語を、頭の中のあちこちにしまっておくのが好きだった。一日に何度も、机に頰杖《ほおづえ》をついて本の中の物語を思い浮かべた。キャンディーよりも甘いひとときだった。またボーッとしてる！　と友人たちにたびたび注意されたが、やめられなかった。現実の話より本の中の話のほうがおもしろいのだからどうしようもない。正規の授業時間から夜間自律学習〔正規の授業時間のあと、学校で夜一〇時ごろまで自習する〕の時間まで、硬い椅子に大人しく座っているのが日課という、代わり映えしない日々だった。

わたしは自分のことを「隠れアウトサイダー」だと考えていた。わたしに基準を提示したり注意を与えたりする先生や大人たちの言葉にうなずきながらも、その基準を心の中からこっそり消し去った。今立っているこの場所が、自分のいるべき唯一の場所とは考えなかった。わたしはどこへ行くべきなのだろう。どう生きるべきなのだろう。心がざわつくときは、本という部屋に入って何時間でもゴロゴロしながら過ごしていた。

エドガー・アラン・ポーの短編小説『メエルシュトレエムに呑《の》まれて』には円筒形の樽《たる》が登場する。わたしにとって本は、その樽のような存在だった。主人公の漁師は、ノルウェーのロフォーテン諸島にたびたび出現する悪名高き渦巻きに巻き込まれてしまう。直径二キロを超える円を描きながら周囲のものをすべて飲み込んでいく渦巻きの中へと落下する彼は、ふと、あることを思い出す。かつて海辺で、渦巻きに巻き込まれたあと打ち上げられた浮遊物を目にした記憶だ。粉々になったさまざまな物体に交じって、稀《まれ》に、原形をとどめている円筒形の物があった。円筒形は渦巻きに飲み込まれにくいという事実を、漁師はそのとき知った。彼はその事実に望みをかけた。

小説の中の漁師のように命を脅かす渦巻きに巻き込まれたことはないけれど、人間関係や状況、思考などが引き起こす小さな渦巻きに心が振り回されたことは何度もある。渦巻きの周りをぐるぐる回る、答えの出ない数々の問いに苦しめられてきた。そのたびに、漁師が記憶を手繰り寄せたように、わたしは本を読んだ。今ここから自分を引っ張り上げてくれる物語や文章を本に求めた。漁師が円筒形の樽にロープで身体《からだ》をくくりつけ海に飛び込んだように、わたしは物語や文章に自分をくくりつけ「次」に向かって足を踏み出した。本がすべての問題を解決してくれたわけではないけれど、多くの場合、渦巻きから抜け出すことができた。

頬杖をついて退屈さに耐えていた子どもは、大人になってもあまり変わっていなかった。今も、本で読んだ物語を所構わず思い浮かべるのが好きだ。心の中にそっとしまっておいた物語を、こらえきれなくなって唐突に話しだす、という行動も相変わらずだ。これだけ読んでいれば、もうたいがいの物語には心が動かなくなりそうなものだが、むしろ読めば読むほど本にどっぷりハマっていくのが不思議だ。このままいくと、おばあさんになるころには、今よりもっと本好きの「本オタク」になっていそうだ。しょっちゅう、本に関する楽しい空想にふけっている本オタクおばあさんに。

この本を書きながら、ほかの人たちにも本と親しくなってもらいたい、との思いを一文一文に込めた。読者のみなさんが、本を読む楽しさに目覚めてくれれば幸いだ。

わたしの心をつかむたった一文と出合うワクワク感、忙しいなかたとえ一〇分間でも本に没入することで得られる満足感、友人と一緒に本を読み感想を共有する楽しさ、登場人物を自分の「親友」のように感じるおもしろさ、机に向かい、いつになく真剣に人生を振り返るときの悲壮さ……。本を読むたびにそういう感情を味わえるのがうれしかった。この本を読んであなたはどんな感情を抱くだろうか。本が、本を読んだあなたの一日一日が、あなたの目指していた場所へとあなたを連れていってくれますように。

二〇一七年秋、自室にて、ファン・ボルム

毎日読みます

目次

01

ベストセラーを読む

「本は、スプーンやハンマー、車輪、あるいはハサミと同じようなものです。ひとたび発明されてしまえば、それ以上良いものを発明することはできない、そういう物だということです」

ウンベルト・エーコ、ジャン=クロード・カリエール
『もうすぐ絶滅するという紙の書物について』

おすすめの本を教えてほしいと言われることがけっこうある。そういうときはまず、あれこれ質問してみる。これまで読んだ中で一番おもしろかったのはどの本ですか？ 最近読んだ本は？ どこが良かったですか？ どこがイマイチでしたか？ ひと月に何冊くらい読みますか？ 小説が好きですか、エッセイが好きですか？ 好きな作家は？

相手がこれまでどういう本を読んできた人かわからないのに、その人にぴったりの良書を薦めるなんて、どんなに難しいか！ わたしの好きな本を相手も気に入ってくれたらそれ以上幸

せなことはない。でも、わたしが良いと思って薦めた本を部屋の隅に転がしたまま見向きもしない友人も何人かいたので、その幸せを期待できそうかどうか、まずは状況を見極めることにしている。けれど、もし、わたしの質問にあいまいな答えしか返ってこなかったら？　そのときは、ズバリこう言うしかない。「ベストセラーの中から一冊選んでみてください！」

ベストセラーの最大の利点は大衆性だ。本によって、テーマや深み、雰囲気、著者の筆力は異なるけれど、大衆の目線で物語を引っ張っていく力がある。そのため、読書を始めたばかりの人にもとっつきやすい（超ベストセラーのマイケル・サンデル著『これからの「正義」の話をしよう：いまを生き延びるための哲学』のように、最後まで読み通した人がめったにいない難しい本もあるが、それこそ「めったにない」ケースだ）。

二〇一五年から一六年まで韓国でもっとも多くの人に読まれた本は、岸見一郎と古賀史健の共著『嫌われる勇気：自己啓発の源流「アドラー」の教え』だ。生きるのがつらいと自暴自棄のように訴える青年と、その青年をやんわり覚醒させる哲学者（哲人）の対話からなる本だ。個人心理学の創始者アルフレッド・アドラーの思想をもとにしている。

心理学と哲学が絶妙にマッチしたこの本は、驚くほどすする読める。万事に敏感な青年と、悟りの境地に達したかのごとく悠然とした哲学者との対話を読んでみると、アルフレッド・アドラーの考えがすんなり理解できる。「ああ、オーストリア生まれのこの哲学者は、わたしたちが完全に自立することを願っていたんだな。自由に、幸せに生きることを願っていたんだな。

より良い人生のためにわたしたちに必要なのは勇気なんだな！」

この本は、過去を後悔し未来を不安に思うあまり、つい忘れてしまいがちな「いま、この瞬間」の大切さを説いている。

哲人　そして、刹那としての「いま、ここ」を真剣に踊り、真剣に生きましょう。過去も見ないし、未来も見ない。完結した刹那を、ダンスするように生きるのです。誰かと競争する必要もなく、目的地もいりません。踊っていれば、どこかにたどり着くでしょう。

青年　誰も知らない「どこか」に！

本を読むとき、わたしはよく、ある種《しゅ》の共同体を想像する。本を読んだ大勢の人たちの「種《たね》」が創り出す、とびきり楽しくて多彩な共同体を。『嫌われる勇気』を読んだ人たちの種《たね》が育っていけば、「いま、ここ」でダンスをしながら人生を満喫する人でいっぱいの共同体になるのではないだろうか。

本を読みたいけれど自分がどんな本が好きなのかまだよくわからない、そんなとき、まずは、多くの人に読まれている本を参考にすることをお勧めする。ベストセラーの中から、自分の気持ちをわかってくれそうな本や、普段から自分が関心を持っていることをテーマとした本、忙しいときでも数ページずつ軽く読めるような本を選べばよい。そうやって読みつづけていると自分の好みがはっきりしてきて、もうベストセラーだという理由で読んだり読まなかったりといったことはなくなるだろう。自分の好みに合う本を探して書店の隅々にまで手を伸ばすようになるはずだから。

02

ベストセラーから離れる

子どものころ、わが家のリビングには、父の背よりはるかに高い本棚が一つ置いてあった。読む力がそれなりに身についた小学校高学年のころからだったか。特にやることがないときは、本棚から適当に本を取り出してぺたりと座り込み、その場で読みはじめた。「これなら読み進めてもいいかも」。自分なりの基準をクリアする本に出合うと自室に持っていき、静かに本の世界に入り込んでいった。

本棚いっぱいの本は、両親が結婚前から一冊、二冊と買い集めたものだった。時が流れ、本棚には、わたしの二歳上の姉の好みも加わっていった。ある日は、本棚にある父の本を、またある日は、読んでみたらと姉が差し出してくれた本を読んだ。当時のわたしの読書は、家族の読書遍歴に多くを頼っていたということだ。

わたし自身の読書遍歴が本格的に始まったのは大学生になってからだ。アルバイトで稼いだお金を握りしめ、本棚の前ではなく書店へと向かった。わが家の本棚と比べると、書店は無限大に広がる空間のようだった。わたしは、その無限大の空間から「1を引く」つもりで本を一冊ずつ買ってきた。自分の好みで発見した本が、自分の部屋に一冊、二冊と増えていった。

いつだったか、人間は自分の手で作った物をより高く評価する、という文章を読んだことがある。目の前の友人の作ったものとそう変わらない紙飛行機を作ったとしても、アイデアを絞って一生懸命作ったぶん「わたしの紙飛行機」のほうが価値あるように感じられる、という内容だった。わたしも、無限大から「1を引く」ことに費やした労力を思い、「わたしの本」を高く評価していた。書店で苦労して選んだ本が並ぶ「わたしの本棚」は、もはやリビングにある本棚とは比べ物にならなかった。

書店で発見した本が毎回満足のいくものだったわけでは、もちろんない。失敗もたくさんした。おもしろそうに思えた本がひどく幼稚で、著者の考えにどうしても共感できず、「どうしてこんなお粗末な本がこの世に存在するのか!」とプンプン腹を立てながら本を閉じたこともある。がっくりするような本を選んでしまった数々の経験、逆説的だが、そういう経験が、自分に合う本を上手に選ぶ力をつけてくれた。

わたしは本を選ぶとき、必ずチェックするものが二つある。目次と序文だ。まず目次に目を通して、本のテーマに関する著者の専門性や関心を見極め、叙述の方向性を把握する。目次をチェックしたら序文を読み、執筆動機や文体を確認する。動機に共感し、文体が気に入ったら、最後に本文を何ページか読む。そうすることで本の全体の雰囲気がつかめるからだ。

実際、本を選ぶときにもっとも頼りにしているのは「勘」だ。それは、経験がわたしに与えてくれた直観のようなものだ。目次に目を通し序文を読んでみると、おのずと「あ、おもしろそう」という勘が働く。わたしはその勘に忠実に従う。時には、偶然目にした数行の文章を読んだだけで本を買うこともある。そんな文章が書ける著者の本なら、きっとわたしは気に入るはずだという「勘」で。

『世界の使い方』も、そうやって発見した本だ。スイス・ジュネーブ出身の旅行家兼作家ニコラ・ブーヴィエの、世の中を見る独創的な視線は序文からすでに現れていたし、本文でも、彼は情熱や好奇心をのびのびと発揮していた。わたしにとっては名前を聞くのも初めてのその外国人作家は、旧ユーゴスラビアやトルコ、イラン、パキスタン、アフガニスタンを旅していた。わたしは「この本どうですかね?」と誰にも聞けないまま、一生訪れることもなさそうな国々の話に耳を傾けた。そしてこんな文章に出くわすとうれしくなった。

セルビア人たちは、大きな混乱に陥っている人や孤独な人のことをひと目で見分ける。そしてすぐさま、酒瓶と、傷のある梨を何個か手にして優しく近づいていく。

セルビア人を見る著者の視線が気に入った。鋭くも温かく、具体的でありながら日常的だ。このように著者に好感を抱くと、その本から簡単には離れられなくなる。偶然出合った本でわたしは魅力的な著者と出会い、そんなふうにしてまた本を発見する。発見が増えるほどに、どんどん本と親しくなっていく。

03

地下鉄で読む

「本を読む習慣がいったん身についてしまうと――そういう習慣は多くの場合若い時期に身につくのですが――それほどあっさりと読書を放棄することはできません」

村上春樹『職業としての小説家』

どうすれば就職できるだろう。二〇代初めのわたしは就職のことで頭がいっぱいだった。大学の成績を上げ、TOEICの勉強をし、自己紹介書を書き、面接の準備をし、面接に落ち、落胆する、という過程を経て、ついにわたしも就職することができた。会社は携帯電話事業に参入したばかりだった。莫大《ばくだい》な収益が保証されている「海」に飛び込んでいくには、若くエネルギーあふれる「釣り人」が必要で、その一人に（運良く）わたしも加わったのだ。

ひたすら就職だけを目標に、やれることは全部やってようやくここまで来たものの、社会人になってほどなく、疲労とストレスに苦しめられた。就職後の日常をイメージできていなかったせいだろうか。目の前で繰り広げられる会社生活にしょっちゅう驚き、しょっちゅう憤っていた。思っていた以上にハードで、無礼なまでに非合理的な会社生活に適応するだけでも、しばらく時間がかかった。

最初は、念願叶《かな》って就職できたことがうれしく、就職先が大企業ということで喜びもひとしおで、所属チームの同僚もいい人ばかりで本当にありがたいと思っていた。とはいえ、二、三カ月のあいだ一日も休めない状態で残業したり、仕事が多くて深夜に退勤したりといった生活は、たやすいものではなかった。あるいは上司の顔色を気にして、やるべき仕事もないのに席についていなければならず、ただ黙々と指示されたとおりに仕事をし、やめと言われたら手を止める日々。わたしは徐々に無気力になっていった。

仕事以外の日常がなくなると、やがて会社が生活のすべてになった。たまに、自分でも驚くほど、家より会社のほうが落ち着くと感じることもあった。そのうち、朝会社へ向かう地下鉄の中で立って窓の外の暗いトンネルを眺めていると、ひとりでに「ちょうど一週間だけ入院するくらいのケガをしないかな」と考えるようになっていた。

ギリシャ神話に登場する悪党の一人にプロクルステスがいる。アテネのケフィソス川のほとりで宿屋をしていた彼は旅人を残忍な手口で殺したのだが、そのやり方というのが、宿にある鉄のベッドに旅人を寝かせ、ベッドより身体が大きいと頭や脚を切り落として殺し、小さいと身体を引き伸ばして殺す、というものだった。プロクルステスに殺された人は例外なく身体が損傷していた。

入社二、三年目、わたしの生活は文字どおり揺らいでいた。身体はそのままだったが、まるで魂の一部が切り落とされたり、引き伸ばされたりしているようだった。朝出勤すると鉄のベッドに寝かされてジタバタもがき、やがて夜遅くに、本来の姿を失って損傷した状態で家に帰ってくる気分だった。

振り返ってみると、「楽しい趣味」程度にしか思っていなかった読書に大きな意味を見いだすようになったのも、ちょうどそのころだ。通勤の地下鉄の中で、わたしは、かつてないほど切実な思いで本を開いた。仕事しかしていない労働者、会社生活以外には何もない労働者から再び本来のわたしに戻るその時間は、とても貴重だった。暗いトンネルをぼんやりと眺める代わりに、本を読んだ。損傷した魂を、疲れた精神をよみがえらせるために、ひたすら読んだ。

そのころどんな本を読んでいたかはあまり覚えていない。エッセイが好きだった時期なので、ほかの人たちの考えていることを垣間《かいま》見ながら通勤時間に耐えていたのだろう。自分とは違う人生を送りながらも同じようなことを考えている著者に不思議な気持ちを抱いていたかもしれないし、自分と同じような人生を送りながらも違うことを考えている著者に魅力を感じていたかもしれない。人生は「自分がどこにいるか」ではなく「自分がそこでどんな物語を綴《つづ》るか」によって変わってくる、という事実に気づいたのは、おそらくそのころだったと思う。

大人の世界でもがきながら朝を迎え、やがて一日を終える、という生活をしていたそのころ、もしかしたらリュ・シファの『地球星の旅人：インドの風に吹かれて』を読んでいたかもしれない。神を信じているわけでもないし、インドへ旅に出る勇気もないけれど、この本が大好きで何度も読んだ。ウィットに富んだ洞察が楽しかった。そのころわたしは地下鉄の中で、自分は「歩む必要のない道」を歩んでいるのではないかと、毎日悩んでいたような気がする。

インドの旅だけに固執していたわたしは、ほかの多くのものを逃していたのかもしれない。だがそれらは、現世ではわたしが歩む必要のない道だった。わざわざ歩む必要のない道まですべて行かねばならないというものでもない。また、来世のために残しておくべき道もある。

地下鉄に乗っているわたしたちの前には、大きく二つの選択肢が用意されている。本を読むか、読まないか。地下鉄の中で本を取り出して開くという簡単な行動、たったそれだけのことで、今日からわたしたちの人生は「歩む必要のない道」からほんの少しずつ遠ざかっていくのだ。

04

薄い本を読む

京都の旅行記を一緒に書いている知人たちと、ソウルの弘大《ホンデ》入口駅近くのカフェに集まった日のことだ。文章と旅行という共通項のおかげか、わたしたちはすぐに親しくなり、よく一緒に遊んだ。今日くらいは真面目に仕事の話をしようと、みんな真剣な雰囲気になっていた。それぞれの書いた文章を回し読みしながら、どういう感じの旅行記にするか話し合っていると、仕事で遅れてきた知人が、席につくなりかばんから本を取り出しはじめた。

まるで金銀財宝があふれ出す宝箱のように、本が次から次へと出てきた。テーブルの一角に立派な「本の塔」がそびえ立った。話を中断し、塔が高くなっていくさまを静かに見守っていたわたしたちは、やがて本をじっくり観察しはじめた。おのずと嘆声が漏れる。うわー、この本ほんとにかわいい、形がすごく独特だね、中のイラストも素敵、どの本も凝ってる、日本は本を作るのが本当にうまいよね。

出版社に勤める知人が、旅行記を書くのに参考になるかもしれないと、わざわざ選んできてくれた日本の本だ。どの本もこぢんまりしたサイズで、文章とイラストがよくマッチしており、見ているだけで楽しかった。判型も一般的なものではなく、ある本は縦より横のほうが目立って長かった。何より、どれもこれも薄い本だ。手の中にすっぽり収まる本を手にして、誰かがこう言った。これ読みたいから日本語を習おうっと！

手のひらサイズの本が、外国語学習のハードルまで下げてくれたのだろうか。わたしも目の前にある本を全部読んでみたい、との思いがむくむくと湧き上がってきた。読者の心をむずむずさせる、薄い本の威力だ。

近ごろ、薄い本をよく目にする。驚くほど薄い本もある。先日手に取った本は文字どおり手のひらサイズで、九九ページしかない。表紙に「『ニューヨーク・タイムズ』ベストセラー一位」という謳《うた》い文句が誇らしげに記されていた。ひょっとするとアメリカの人たちも、日本の本に夢中になったわたしたちのように、まず本の薄さに惹《ひ》かれたのかもしれないと思った。

今、わたしの机の上にも薄い本が一冊置いてある。「ニューヨーク・タイムズ」ベストセラー本より、横は一センチ、縦は三センチほど大きい。一六八ページあるが、ところどころにイラストが入っているし見開きの左側はほぼ空白なので、もしかしたら「ニューヨーク・タイムズ」ベストセラー本より全体の文字数は少ないかもしれない。こういう薄い本を目にすると、読む前から妙に満足した気分になる。二、三時間ほど集中すれば、これも「読んだ本」になるはずだから！

頭も心も重い日には、負担の少ない薄い本に手が伸びる。だから、頭も心もしょっちゅう重くなるわたしは薄い本をよく読む。今日も薄い本を読んだ。机の上に置いてあるという、まさにその本、イ・ギジュンの『저, 죄송한데요』（日本語直訳『あの、すみませんが』）だ。読みながら何度笑ったことか。小心ぶりにも限度があるとしたら、その限度のはるか上を行く著者の告白に、世のすべての小心者たちはホッと胸をなで下ろすことだろう。わたしなんて小心者のうちに入らないんだ、と喜びながら。

読んでいてクスクス笑えるこの本の中に、「ああ、そうそう。わかる、わかる」と、うれしくなるような表現もいくつか見つけた。

誰しも時には雰囲気を変えることが必要です。バッハばかり聴いていると急にビースティ・ボーイズ〔アメリカのヒップホップグループ〕が聴きたくなるように、まったく新しい世界を経験したくなったりもします。そんなときは、どこに何があるのかわからないまま、当てもなく探しにいきます。手ぶらで帰ってくることもあれば、両手いっぱいの収穫と共に帰ってくることもあります。そうやって徐々に地平が広がっていくのです。

著者のように「まったく新しい世界を経験」したくなるたびに、わたしは本を読んだ。年に一度くらいは旅に出ることもあったけれど、臆病なので「どこに何があるのかわからないまま、当てもなく探しに」いくという勇敢な旅人ではなかった。だから、臆病がらずに旅に出られる本が好きだった。本を開くときは、その中にどんな世界が広がっていようとへっちゃらだ。臆病なわたしが内面の地平を広げられるもっとも安全な方法が、読書だった。

05

厚い本を読む

「完読というのは、実はすごいことなのです。読むのをやめたいという誘惑に何度も打ち勝たねばならないのですから」

キム・ヨンハ『읽다：김영하와 함께하는 여섯 날의 문학 탐사』

（日本語直訳『読む：キム・ヨンハと共にする六日間の文学探査』）

年末に、友人たちとちょっとしたイベントを開いた。わたしたちの中で一番明るい友人が提案したものだ。各自、家から、自分は使わないけれどプレゼントするにはぴったりの物を一つずつ持ち寄ること。

その提案を聞いて、何を持っていけばいいか一週間頭を悩ませた。贈り物として遜色なく、受け取った人に喜ばれ、かつ意味のある物といえば、何があるだろう。わたしの部屋にある物の中でその条件を満たすのは、やはり本しかないように思えた。

暇を見つけては、椅子に座って本棚を眺め、本を選んだ。どの友人の手に渡るかわからないので、限定されたテーマの本は避けることにした。最終的に選び出したのは、六〇〇ページを超える分厚い芸術史の本だ。内容のおもしろさには自信があったが、厚さが少々心配だった。仕事で忙しい友人たちにこんな分厚い本を押しつけるわたしは、本当に世間知らずの「本オタク」なのだろうか。

友人たちに会いにいく日。本をかばんに入れていると、じわじわと不安が押し寄せてきた。自分の好みを押し出しすぎたかもしれない。急いで本棚から、六〇〇ページの半分もない本を数冊選び、一緒にかばんに入れた。不安な気持ちが少し収まった。夜一〇時、約束の場所に最後に到着した友人の疲れた顔を見て、心を決めた。六〇〇ページの本は、いかにも「おまけ」みたいに最後に出そう、誰も喜ばなかったら、しれっとそのまま持って帰ろう!

ついにプレゼントの公開タイム。まずは「普通の」厚さの本を一冊ずつテーブルの上に載せ、重厚感あふれる六〇〇ページの本は最後にそっと取り出した。友人たちの反応は? 小心者らしく悩みに悩んだわたしの数時間はなんだったのかと思えるほど、友人たちは厚い本を温かく迎えてくれた(その他の本が「おまけ」になった)。その本を受け取ることになった友人は「知識人っぽく見える」と喜んでくれた。

数日後、ほかの人にとっては本当にどうでもいいような話までおしゃべりする、わたしと友人一人は、その日のイベントについて一時間も電話で話した。わたしの不安や小心ぶりの原因はどこにあったのかを細かく分析したあと、なぜ六〇〇ページの本がほかの本より人気だったのかを議論した。すっかり真剣になった友人は、声のトーンまで落としてこう言った。「欲求、のせいじゃない？」「欲求？」「そう、知的欲求。あの本がわたしたちの知的欲求を刺激したんだよ」。わたしは、電話の向こうの友人に向かって激しくうなずきながら「確かに、そうだね」と同意した。

本が厚いほど知的欲求は刺激される。読んでも読んでも残りのページは減らないし、ここまで読んだ内容もあやふやなのにこの先読むべき内容はもっとあるし、なぜかいつもより時間の経つのが遅い気もするけれど、それでも、この行為自体が自分を多少は知的な人間だと思わせてくれるので、読むのをやめられない。厚い本を読み終えて椅子から立ち上がるときの満足感は、とても言葉では言い表せない。高く険しい山を越えたときに得られるその満足感がたまらず、わたしは苦労しながらもよく山に登った。

年の初めにわたしが登った山には、ユヴァル・ノア・ハラリの『サピエンス全史：文明の構造と人類の幸福』もある。単に山が高いだけでなく、登ったり下ったりする際に見える風景が多彩で、読んでいて気持ちのいい本だった。この本は、既存の常識を大胆に覆し、歴史の進歩と人間の幸福とのあいだにはいかなる相関関係もないことを解き明かす。たとえば、狩猟採集民のほうが、農業革命以降の農民よりはるかに豊かで幸せだったと著者は述べる。そのうえで問う。これまでの進歩が個別の生命体に幸福をもたらさなかったのなら、これからの進歩はどうあるべきか、と。

われわれは、周囲の環境を屈服させ、食料生産を増やし、都市を築き、帝国を建設し、広範囲の交通網を構築した。だが、われわれは、世の中の苦痛の総量を減らしただろうか？

いくらおもしろいと評判の本でも、厚いと、ためらってしまいがちだ。いつになったら読み終わるだろう、と。だからわたしは厚い本を読むとき、あえて、いつまでに読み終えようと考えないようにしている。その代わり、昔、試験勉強をしていたときのように、時間単位で目標を立てる。今日は三〇分だけ読もう、一時間だけ読もう、というふうに。その日の目標時間を達成したらいったん本を片付けておき、次回にまた三〇分、一時間と読む。『サピエンス全史』も、最後の部分は週末の一日を利用して一気に読んだけれど、本の三分の二ほどは毎日一時間ずつ読み進めた。

06

アンダーラインを引きながら読む

わたしたちは本を読みながら、昨日の自分の過ちに気づかせてくれる助言を得たり、人工知能が世界の勢力図をどう塗り替えるかを学んだり、資本主義に騙《だま》されないための知識を求めたりする。わたしたちが本を読むのは、情報や知識、知恵、感動を得るためだ。けれど、本を読み終わるとほどなく頭を抱えてしまう。時には本を閉じた瞬間に、多くは時間が経つにつれ、自分が本から何を得たのか思い出せなくなるからだ。

読書後の忘却。読書が虚しく感じられる理由だ。先週読んだばかりの本の内容も覚えているような、いないようなありさまだし、一年前に読んだ本は、タイトルも内容も霧に包まれたようにぼんやりしている。どうせこうなるのなら、いったいなぜ本を読まねばならないのか。時間ももったいないし、虚しさだけが胸に残る。

本で読んだ文章が一文残らず脳の長期記憶に残ってくれたらどんなにいいだろう。でもそれは無理な話なので、最低限の文章だけでもずっと覚えていようと苦心する。それでも結局は忘れてしまうので、せめて、覚えておきたいと思った文章だけでもあとあと見つけられるよう、何か手を打たねばならない。そこでわたしが活用するのが鉛筆だ。鉛筆でアンダーラインを引き、印をつけ、その横にメモを書き込む。いつか、本の内容を頭の中によみがえらせたいと思ったとき、鉛筆の跡をたどっていけるように。

必ずアンダーラインを引くので、わたしは、いくら本が読みたくても手元に鉛筆がないときは読まない。読んでいる途中、どうしても覚えておきたい内容に出くわすかもしれないので。そのため、部屋にはいつも鉛筆が三、四本転がっているし、かばんには鉛筆一本が必ず入っている。たまに鉛筆を忘れて本だけを持って出かけた日は、何も読まないまま帰ってくることになる。

もちろん、鉛筆でも解決できない忘却があることは知っている。先日こんな経験をした。アラン・ド・ボトンの『哲学のなぐさめ：6人の哲学者があなたの悩みを救う』を読みながら、アラン・ド・ボトン特有の文章の展開がおもしろいと感じつつも、一方ではこう思ったのだ。「ボトンもそろそろネタ切れ？　前にも、ソクラテスとかセネカ、ショーペンハウアーに関して書いてなかった？」いぶかしく思いはしたものの、繰り返し言及したくなるほど好きな哲学者がいるというのは悪いことではない。だから、読みながらせっせとアンダーラインを引き、いくつか文章の抜粋もした。

読み終わった本をきちんと本棚に戻し、当然のようにその本のことは忘れて過ごしていたあ

る日のこと。ふと思うところあって本棚の前に駆け寄り、アラン・ド・ボトンの『젊은 베르테르의 기쁨』（日本語直訳『若きウェルテルの喜び』）を取り出した。急いで表紙をめくって目次を確認した瞬間、その本が『哲学のなぐさめ』と同じ本『The Consolations of Philosophy』であることがわかった。タイトルを変えて再出版された韓国語版の本を、初めて読む本だと思い込み、アンダーラインまで引きながら読んでいたのだ！

苦笑いしながら本棚の前にたたずんでいたわたしは、またもや思うところあって本を一冊取り出した。パトリック・ジュースキントの『Drei Geschichten und eine Betrachtung』（日本語直訳『三つの物語と一つの考察』）だ。パトリック・ジュースキントは、三篇《ぺん》の短編小説と一篇のエッセイからなるこの本で「文学的健忘症」について述べている。三〇年間本を読んでいるにもかかわらず覚えている本がないという彼は、こう嘆く。

> ちょっと時間が経てばもはや記憶の影すら残っていない、ということがわかっているなら、いったい何のために本を読むというのか？

そんな問いを抱えながら悩み抜いたジュースキントの出した答えは、読書においては「記憶」ではなく「変化」がもっとも重要だ、というものだ。

（人生においてと同じく）本を読むときも、人生航路の変更や突然の変化というのはそう遠くにあるわけではないのかもしれない。むしろ読書は、徐々に染みていく活動とも言える。意識の奥深くに入り込みはするものの、目立たず少しずつ浸透していくため、その過程を身体で感じられないのかもしれない。よって、文学の健忘症で困っている読者は、読書によって自身が変化していながらも、それを教えてくれる脳の批判中枢も一緒に変化しているため、そのことに気づけないだけなのだ。

「君は君の人生を変化させなければならない」それが、パトリック・ジュースキントが結論づけた、わたしたちが本を読む理由だ。わたしはその文章を頭の中で何度もつぶやきながら、もし一冊の本を読む前の自分と読んだあとの自分が少しでも変化していたなら、たとえその本を読んだことすら覚えていなくても問題ないのだと自分を慰めた。

07

かばんに本を入れて持ち歩く

「作家としてのわたしの新たな誓いがあるとしたら、人の本には絶対にアンダーラインを引かないという癖を真っ先に直す、というものだ」

朴婉緒《パクワンソ》『못 가본 길이 더 아름답다』
（日本語直訳『行ったことのない道のほうが美しい』）

読者から作家に転身した人は多い。読んでいると書きたくなるのだろうか？（わたしもきっとそうなのだろう）確かに、おもしろい映画を一本観《み》ただけでも誰かに話したくてウズウズするのに、長い時間をかけて本を読んだ人が口をつぐんでいられるはずがない。つまり、読むことと書くことは一体なのだろう。読む人は書きたくなるものだし、書く人は読まずにはいられないのだから。

そういえば、読書と執筆は似ている点が多い。パッと思いつくだけでも三つある。一つ、テレビやゲームのように即時的な快楽はもたらさない。読んだり書いたりする行為は、脳の快楽中枢に直接的な刺激を与えないからだ。それゆえ、意を決したからといって、読書や執筆の楽しさに一朝一夕に目覚めることはまずない。楽しむには時間が必要だ。読んだり書いたりするときに感じる快楽は、時とともに大きくなっていく。夕立のように一気に降り注ぐのではなく、霧雨に服が濡《ぬ》れていくようにじわじわと染みていく。

二つ、したいと思っている人は多いが、実際にしている人は少ない。ナタリー・ゴールドバーグの『Wild Mind: Living the Writer's Life』（日本語直訳『ワイルドマインド：作家としての人生を生きる』）には、書きたいという気持ちはあるものの、難しいという理由で実際に書くには至らず、結局諦めてしまった人の話が出てくる。その人に必要な処方はただ一つ。「とりあえず書くべし」。これは読書にも言える。読みたいという「気持ち」から一歩踏み出して「読むべし」。

三つ、どこでもできる。本はどこでも読めるし、文章もどこでも書ける。読書も執筆も、「とりわけはかどる場所」が存在するのは事実だが、それでもやはり、場所の制約をあまり受けないという点は同じだ。そしてまさにこの三つ目の特徴が、二つ目の問題を解決してくれる「カギ」だ。「気持ち」だけに終わらず行為を楽しむために（今あなたがどこにいようと）本を読み、文章を書いてみるのだ。そのために必要なのは、せいぜい本とメモ帳（またはスマートフォンのメモアプリ）くらいだ。

朝家を出るとき、読みたい本をかばんに入れてみよう。いつでも取り出して読めるように。メモ帳も入れておこう。いつでも取り出して書けるように。ちょっと手が空いたとき、退屈なとき、待っているとき、読みたいとき、書きたいとき、かばんの中にスッと手を入れて本やメモ帳を取り出すのだ。毎日同じ行動を繰り返してみよう。最初のうちは慣れないだろうけれど、続けているうちに、本やメモ帳を持たずに外に出るのがなんとなく心細くなるはずだ。

わたしも、いつでも文章を書く。いつもかばんにスマートフォンが入っているから。いつでも本を読む。いつもかばんに本が入っているから。わたしはとりわけ、やたらとかばんの中に意識が向かうような、時間ができたら即座に取り出して読みたくなるような強烈な本を持ち歩くのが好きだ。たとえば『非社交的社交性：大人になるということ』みたいな本。

日本社会特有の集団主義に強く反発し、「濃密な人間関係」を憎むと堂々と明かしている中島義道はこの本で、イマヌエル・カントの人生と哲学を通して、「依存から抜け出し、かつ、いかに孤立せずにいられるか」を語っている。本のタイトルである「非社交的社交性」は、人間には「社会を形成しようとする性質」と「自身を個別化する性質」のどちらもある、とするカントの言葉だ。人間は、孤立したくないと願う一方で孤立したいとも願う、ということだ。他人と関係を結ぶのが苦手で他人を避ける人たちに、著者が伝えようとするメッセージはこうだ。

たった一つの絆《きずな》でいいのだ。(……)あなたが本当に信頼できる人、あなたが生きていることそのことが励みになる人がいれば(……)あなたは生きていけるであろう。ただ、あなたを本当に必要としている人が見つかれば、あなたの「わがまま」を真剣に聞いてくれる人がいれば、あなたは生きていける。

今日だけは思うままに、世の中の人を、人知れずかばんの中に本を入れて持ち歩く人と、そうでない人に分けてみる。たびたび本を開いて著者の話に耳を傾ける人と、そうでない人。わたしは、自分が常に前者でありたいと願う。だから、出かける前にはいつも本棚の前にたたずむ。今日一日を共にしてくれる本を選ぶために。

08

インターネットではなく本でなければならない理由

本を読むときだけはすんなり集中できていた。勉強を含むほとんどのことは、グッと集中するのは最初だけで、すぐに気が散ってしまっていたが、読書だけは違った。ひとたび入り込むと、何時間でも本の中で考えにふけっていた。本を読んでいるときは誰かに呼ばれても耳に入らず、近くで大声で呼ばれて初めて、びっくりして顔を上げるという具合だった。

ところが、いつのころからか、本を読むときも集中しにくくなった。早く本の中にどっぷり浸りたいのに、思うようにいかない。本になかなか手が伸びないし、読んでいてもすぐに「ほかの事」をしてしまう。読書は、わたしが自由自在に集中できるほぼ唯一のことだったのに、以前のように自由ではいられなくなったのだ。

「ほかの事」のほとんどはスマートフォンをいじることだ。メッセージが届いたわけでも、アラームが鳴ったわけでもないのに、意味もなく、習慣のように触ってしまう。そうやって五分、一〇分とスマホの中で時間を過ごしたあと、また本に戻ってくる、というのを繰り返す。しきりにスマホに気を取られてやりたいことができないので、自分に腹が立つことも多い。

今や読書が一種の勝負になってしまった。どうすれば集中して読めるか、あれこれ作戦を練り、戦略的に本と向き合う。毎回、ハラハラするような接戦だ。それでも、何日かに一度は完読の喜びを味わえるので、勝負をおろそかにすることはできない。勝利したあとの爽快感は何物にも代えがたく、一日に何度も、いそいそと勝負に挑む。

どうしてわたしは読書に集中できなくなったのだろうか。『ネット・バカ：インターネットがわたしたちの脳にしていること』でニコラス・G・カーは、それはインターネットのせいだと言う。インターネットの情報提供の仕方に適応すると、わたしたちの脳は散漫になり、表面的な思考をすることに慣れてしまうという。インターネットを使えば使うほど集中力が失われていくということだ。

生きているあいだ、わたしたちの脳には構造の変形が持続的に起こっている。変形は、肉体的、精神的な経験が繰り返された場合に起こる。これを脳の可塑《かそ》性という。習慣が生まれたりなくなったりする理由、同じ状況でいつも同じ選択をする理由、午後三時になるとチョコレートが食べたくなり、夜一〇時になるとドラマが観たくなる理由は、いずれも脳の可塑性による。『ネット・バカ』の中でフランスの科学者レオン・ドゥモンは、脳の可塑性を「流れる水が掘った水路」と表現している。

流れる水は、より広く深くなるにつれてみずから水路を作り出す。時が経ち、再び水が流れるときは、以前掘ったその水路をたどる。それと同じく、外部の物体から何らかの印象を受けると、わたしたちの神経体系の中に、それに適した道がどんどん作られていく。そうした「生きている」通路は、しばらく詰まっていても、同じような外部刺激を受けるとよみがえる。

インターネットの経験が「流れる水」だとすると、インターネットを使えば使うほど、わたしたちの脳に「散漫さの水路」がより広く深く掘られていくということだ。散漫さの水路は、思考全般にわたって影響を及ぼす。読書や勉強のように集中力が必要なことをしようとすると、脳はわたしたちを妨害し、散漫さを誘発する。やがて脳はその意図どおりに、わたしたちを本から引き離す。散漫な脳が楽しく遊び回れるスマートフォンへと、わたしたちを誘導するのだ。

それゆえ、読まなければという意思だけでは、本を読むのは難しい。なぜ以前より本が読めなくなったのかも考えてみる必要がある。おもしろい「おもちゃ」が増えたという理由もあるだろうが、インターネットがわたしたちの集中力を奪っていったせいでもある。つまり、本と親しくなるにはインターネットを遠ざけねばならない、ということだ。本の中でニコラス・G・カーは、わたしたちの脳に「集中力の水路」を掘る方法も教えてくれている。ずばり、読書だ。本を読めば読むほど集中力が高まるという。

09

タイマーアプリ使用記

「わたしは、頭に火でもついたかのように、本を読まなければ命が消えてしまうかのように、必死で本を読んだ」

ポール・オースター『その日暮らし』

イギリスの学者エブナー・オファーは、集中することは「幸福の普遍的道具」であると述べた。だがそれは幸福に限ったことだろうか？　集中することは「読書の普遍的道具」でもある。いくらおもしろい本でも、その本に集中できなければ何の意味もない。そこでわたしはここ数年、本を前にするとスーッと消えていく集中力をつかまえようと、自分なりの努力を重ねてきた。

その中で、しばらく試して諦めたのが「インターネット断ち」だ。『Ohne Netz: Mein halbes Jahr offline』（日本語直訳『ネットなし：わたしの半年間のオフライン』）の著者アレックス・

リューレと、『The Winter of Our Disconnect: How Three Totally Wired Teenagers (and a Mother Who Slept with Her iPhone) Pulled the Plug on Their Technology and Lived to Tell the Tale』（日本語直訳『わたしたちの非接続の冬：ネット漬けの三人のティーンエイジャー（およびiPhoneと共に眠る母親）が、いかにテクノロジーのプラグを抜き、話をするために暮らしたか』）の著者スーザン・マウシャートは、それぞれ半年間インターネットのない生活をする。アレックス・リューレはドイツで一人で、スーザン・マウシャートはオーストラリアで一〇代の三人の子どもと共に。結果は？　予想どおり、インターネット断ちは生活を変えた。ドイツの著者はついに内面の声に耳を傾けるようになり、オーストラリアの著者は、インターネット漬けだった三人の子どもが新たな趣味や夢を見つけ人間関係をリセットしていく過程を、喜びと共に見守った。『The Winter of Our Disconnect』には、子どもたちの変化が描かれている。

質問：自分がどのくらい変化したと感じる？

ビル：僕自身が変わったわけではないけど、生活面では明らかに変わったことがいくつかある。まず、サックスの練習と読書の時間が増えた。この実験は一種の「引き金」、つまり、きっかけになってくれたと思う。今すぐ元通りの生活に戻っても、僕は元のようには変わらないと思う。どうして変わる必要がある？　コンピューターで遊ぶよりおもしろいのに。

質問：考える時間が増えたと思う？
アニー：うん。前は、ただフェイスブックとかをぼーっと見てるだけで実際には何もしていない、っていう時間が多かった。今は、ほかの楽しみを見つけるようになった。前より外出もよくするようになったし。もう熱が冷めちゃったけど、一時は料理にハマってた。最近はラジオをよく聴いてる。
スージー：わたしは本を、前よりたくさん、そして前より速く読むようになった。前より賢くなった気がする。「Myspace」〔SNSのひとつ〕のプロフィールの「読書欄」なんて、みんなだいたい「本？　CBF（Couldn't Be Fucked＝くそくらえ！）」とか書いてあるんだよ。

ポジティブな変化を経験したものの、二人の著者は半年後に再びインターネットの世界に戻ってくる。インターネットのない生活を永遠に続けるわけにはいかなかったのだろう。その様子を見て、わたしの関心は「インターネット断ち」から「インターネット制限」のほうへと傾いた。どうやってインターネットを制限すれば、好きな読書ややりたいことを楽しんでできるようになるだろう。
ある知人がこんなヒントをくれた。「午前中はスマホを切っておくようにしてるんだ。そのあいだに、大事な仕事を集中して済ませる」。良い方法だ。また別の知人はこう言っていた。「わたし、定額データプランは利用しない。ネットにガンガン接続しちゃうから」。これまた良い方法だ。

わたしのたどり着いた方法はこうだ。まず、ネットを控えようという決心を維持できるよう努力する。ぼーっとインターネットをしていたら「あ、こういうクセを直そうって決めたんだった」と、手を止める。つい何度も開いてしまうアプリはスマートフォンに入れておかない、というのも手だ。ネイバーやダウムなどポータルサイトのアプリは削除し、SNSの中で唯一利用しているフェイスブックはホーム画面から削除した。フェイスブックを開くには複数の操作が必要になるので、自然と、あまり開かなくなった。

そういう努力をしたからといって、すぐさま集中力がみなぎってくるわけではない。そこで利用するようになったのがタイマーアプリ。わたしのダウンロードしたアプリはいたってシンプルだ。一つの画面に時間、分、秒だけが表示されている。タイマーアプリで時間を設定し、そのあいだ、ほかの事さえしなければいいのだ。わたしは二〇分に設定することが多い。その二〇分は「マンションが崩壊でもしない限り、かわいい甥《おい》っ子《こ》が部屋に乱入してこない限り、何が何でも一つのことに集中しなければならない」という意味だ。

本を読みはじめるときにタイマーをセットする。二〇分間は何があっても本だけを読む。アラームが鳴ったら一休みして、もう一度タイマーをセットする。再び本に集中する。一回につき二〇分は否が応でも読むので、タイマーを三回セットすれば一時間「集中」して読むことになる。満足感のせいか、そのころにはおのずと集中力が戻ってくる。それ以降は、タイマーなしでのんびりと読む。

10 古典を読む

ヘルマン・ヘッセの『デーミアン』を「初めて読んだ」友人は、こんな感想を口にした。

「わたしは、ヘルマン・ヘッセよりヘッセ以降の小説家たちのほうがすごいと思う」

「どうして？」

「この小説を読んだうえで、さらに小説を書こうって思えるなんて。どう生きるべきか、この本に全部書いてあるのに！」

いかに強烈な印象を受けたかが伝わってきた。友人にこの小説を読むきっかけを与えたのはわたしだ。三〇歳のころ『デーミアン』を「再読した」わたしは、あまりのすばらしさに、暇さえあれば『デーミアン』の話をし、友人もつられて読むことになり、そしてこんなにも熱い感想を聞かせてくれたのだ。

古典とは、人々が「わたしは……を再読している」とは言っても、「わたしは今……を読んでいる」とはけっして言わない本のことだ。

イタロ・カルヴィーノが著書『なぜ古典を読むのか』で述べた言葉だ。

人々はなぜ、わたしのように「再読」していると言うのだろうか？　カルヴィーノによると「有名な著作をまだ読んでいないことを恥じる人々のつまらない見栄《みえ》」のせいだ。わたしもときどき自分の見栄を自覚することがあるが、『デーミアン』に限っては見栄ではない。本当に幼いころにこの本を読み、長いあいだデーミアンが主人公だと思い込んでいて（主人公はシンクレアだ）、あらためて再読した際に本来の主人公を知ると同時に感動までしたのだから。

それにわたしは、古典をあまり読んでいないことを恥ずかしいとも思わない（本当に！）。古典と呼ばれる本を全部読んだ人なんて、果たしているのだろうか？　とはいえ、『デーミアン』のようにわたしの内面を熱く燃え上がらせてくれる本にまた出合ってみたいという欲望が、あるにはある。

イタロ・カルヴィーノは『なぜ古典を読むのか』で、「古典は、わたしたちが何者であり、どこからやって来たのかを理解できるよう助けてくれる」と述べている。けれど、いかに古典が偉大だとしても、古典だけを読むべきだとはわたしは思わない。逆に言えば、古典ばかり読む人たちは本当にすごいと思う。

たとえば、わたしがサミュエル・ベケットの『ゴドーを待ちながら』を読んだとしよう。この本を最後まで読み、内容を吟味するのに少なくとも一週間、いや二週間はかかるはずだ。そして、おそらく数年間は、誰かを待つことで生きながらえていた主人公エストラゴンとヴラジーミルを時折思い出すことだろう。やがてある日、わたし自身も何かを待つことで日々を耐えている、という事実を自覚するのだ。二人はわたしの記憶に一生残るかもしれない。

そんなふうに自分に深い影響を与える本を、人生とは何かを洞察した重厚な本を、立て続けに読む自信も能力も、わたしにはない。だからわたしは、古典を読んだあとすぐにまた別の古典を読むことはしない。古典が自分の中で消化されるのを待ちながら、古典ではない本を読んでいく。そうして「そろそろ読みどきかな」と感じたら、ヴァージニア・ウルフの『自分だけの部屋』やアレクサンドル・ソルジェニーツィンの『イワン・デニーソヴィチの一日』といった本を取り出して読む。

カルヴィーノも、古典しか読まない読書に慎重な姿勢を示していた。彼は「古典を読んで最大の成果を得るには、同時代に誕生する数多くの物語も適度に摂取しながら読む必要がある」と述べている。「古典を読むためには、それを『どのような観点で』読むかを設定しなければならず、その観点を提供してくれるのが同時代の本だということだ。

古典ばかり読んでいると、過去の時空間に閉じ込められ、今いる場所で道に迷うかもしれない。一方で、古典でない本ばかり読んでいると、生の根源から遠く離れたところで、上辺だけにとらわれてさまようことになるかもしれない。古典と、古典でない本をバランスよく読まなければならないのはそのためだ。

以下は、『なぜ古典を読むのか』の中でわたしが一番大きくうなずいた文章だ。古典についてはそれぞれ意見があっても、この文章を否定する人はいないのではないだろうか。

誰もが認められる事実はただ一つ、古典は、読まないより読んだほうがいいということだ。

11

小説を読む

「文学作品を読むと、思考の面で可能性のスペクトラムが開かれます。人間の生きざまはいかに多様であるかがわかるようになるのです」

ペーター・ビエリ（パスカル・メルシエ）『Wie wollen wir leben?』

（日本語直訳『わたしたちはどう生きたいか？』）

「他人の作った架空の物語を、いったいどうして読むんですか？」と聞かれることがある。生きていくだけで精一杯なのに、実際に存在しもしない人物の人生にどうしてわざわざ関心を寄せるのか、ということだ。そんな時間があるなら「自分の人生」に使うほうがいいのではないかと言いたいのだろう。そういう相手には、こればかりはあなたの考えが間違っている、と言いたくなる。小説を読む人は、誰よりも「自分の人生」に関心の高い人間なのだと。

小説の愛好家は、架空の人物を通して自身の人生を読む人間だ。自分とは似ても似つかぬ他人の人生を読んでいるのにどうも自分の人生が描かれているような気がして、また、著者に自分の内面を見透かされているような気がして、小説を手放すことができないのだ。

わたしたちは、小説の登場人物たちが繰り広げるさまざまな人生に触れることで、「こういう生き方しかしてはならない」ではなく「ああいう生き方をしてもいいのだ」ということを理解する。現実や偏見という狭い視野に閉じ込められると、人間は自分自身の人生をみずから圧迫してしまいがちだ。見聞きすることが人生を拡張してくれるのではなく、逆に、制限となって人生の前に立ちふさがる。今この人生から脱落するのではないかとヒヤヒヤしながら生きるようになり、目標に向かって懸命に生きれば生きるほど消極的な態度が身についてしまう。やがて、思っていたのとは違う「今日」を迎えると、その場に崩れ落ちて絶望する。絶望から抜け出す術《すべ》を知らないので、ますます絶望的になる。

一つの生き方だけを目指していた人が多様な生きざまに目を向けるようになると、人生は変わる。自分が避けてきた人生は、ほかの誰かが情熱的に追い求めている人生なのかもしれない、という事実に気づいた瞬間、わたしたちの目と耳は変化する。鍵穴ほどしかなかった狭い視野が一面ガラス張りの窓の前に立ったように広くなり、嘘《うそ》や誇張に惑わされていた耳は真実の声をとらえるようになる。昨日と同じ一日を生きても、目と耳が変化した人の人生は、別の人生になる。選択肢が増えたことで不安が減る。地団駄を踏む代わりに、人生に向かって積極的に一歩踏み出す。

何より、小説を読むことの利点は、どのみち正解はないことを知りつつも問いつづけるようになることだ。いくら考えても登場人物の言動が理解できず、あやふやな根拠で自分なりの解釈をしてみるけれど、それが正解だという確信はない。どの解釈も正解かもしれないし不正解かもしれない、という状況。それでも問いつづけ、考えるようになる。ちょうど、人生における問いと同じように。

小説に登場する人物たちの中から「つかみどころのない人物」を挙げるとしたら、バートルビーもその一人ではないだろうか。ハーマン・メルヴィルの小説『書記バートルビー』に登場するバートルビー。彼の有名なセリフ「しないほうがいいと思います」は、一度聞いたら忘れられないほど強烈だ。だが、このセリフ自体も実につかみどころがない。バートルビーがなぜこの言葉を繰り返し口にするのか、誰にもわからない。わかるような気もするけれど、正確にはわからない。


「バートルビー、君の出生地はどこか教えてくれるかね？」

「言わないほうがいいと思います」

「君について何でもいいから話してくれないかね？」

「言わないほうがいいと思います」

なぜ、これほど丁寧な口調で、したくないことはことごとく「しない」と言うのか。なぜ、悪意も無礼さもなしに人々を混乱させるのか。なぜ社長に隠れて事務所で勝手に寝泊まりしているのか。なぜいきなり書記を辞めると言い出したのか。それなのに、なぜ事務所から出ていこうとしないのか。ハーマン・メルヴィル自身ですら、これら数々の「なぜ」に答えられないのではないだろうか？　だからわたしたちは問いつづけるしかない。バートルビーの人生はなぜ明瞭に描かれないのか。なぜわたしたちの人生もこんなに不透明なのか。なぜ人生で重要なことにはどれも正解がないのか。こんなふうに常に確信のない状態で生きていてもいいのか。これが人生というものなのか。ただ問いつづけるしかないということを、わたしは小説を通して学ぶ。小説は他人の物語ではないのだ。

12 詩を読む

二〇一三年一月一二日に友人が詩集を一冊プレゼントしてくれた。最初のページには「お互い、一生書きつづけていたいね」と記されている。友人は詩人になりたいと言っていた。詩を学び、有名な詩人と定期的に朗読会も開いていた。「地下鉄で本を読んでいる人はたまに見かけるけど、わたしみたいに詩集を読んでいる人は一人も見たことがない」と、よく笑っていた友人に、わたしはときどき質問してみた。

「どうして詩が好きなの？」

わたしには難しく感じられるのに、どうして友人は好きなのだろう。ただ好きなのだそうだ。詩を読んでいると、なぜよりによってこの言葉がここに入っているのだろう、と思うことが多いけれど、なぜその言葉でなければならなかったのかを考えるのがとても楽しいのだと。

「たとえば、こんな詩句があったとする。『その日、太陽から匂いがした』。意味不明でしょ？太陽から匂いがするわけないじゃない。でも詩人は、匂いがした、って言ってる。どうしてこんなふうに書いたのか、ああかな、こうかなって考えてるときにふと太陽を見上げると、本当に匂いがするような気がしてくる。で、今度は、太陽が強烈に照りつけるある日、ある街角で詩人が思い浮かべていたであろう誰かのことを想像してみたりもするわけ」

　友人の話を聞いているうちに気づいた。わたしが詩を難しいと感じる理由はまさにそれだ、と。読んだ瞬間にピンとくる詩もあるけれど、首を傾《かし》げたくなるような詩も多かった。「どうしてここにこの言葉が使われているんだろう？」詩人特有の言葉の使い方に違和感を覚えることもあった。特に、現代詩と呼ばれる詩を読んでいて、何を言っているのかよくわからないと思ったことは一度や二度ではない。

　いつだったか、首を傾げたくなる詩であればあるほど好きだ、と言う人に会ったことがある。そういう詩を正確に理解するのはそもそも不可能に近いので、読者がそれぞれ自由に解釈できるところがいいのだそうだ。詩が自分の中のある感情を揺さぶったら、迷わずその感情に深く潜り込んでみること。詩を読む人にできることはそれ以外にない、と彼女は言った。それを聞いて、詩の難解さが読者を自由にするとも言えるのだなと、初めて思った。

　詩を厳格に捉える詩人も、もちろんいる。『나는 매번 시 쓰기가 재미있다 : 젊은 시인 12인이 털어놓는 창작의 비밀』（日本語直訳『わたしは毎回、詩を書くのが楽しい : 若き詩人12人が明かす創作の秘密』）で、共著者の一人である詩人ファン・インチャンはこう述べている。

たった一篇の詩だけでは大した意味を持ち得ない。数多くの詩篇や多数の詩集からなる、詩人の詩的軌跡が完成して初めて、本当に意味のある詩になるのだ。

詩を書く人の立場で書かれた文章だが、詩を読む人にも言えることだろう。一篇の詩を読んで何らかの感情を覚えたとしても、それだけではその詩をきちんと読んだとは言えないのかもしれない。

『싸울 때마다 투명해진다』(日本語直訳『闘うたびに透明になる』)で、著者のウニュは「生きるのがつらいときほど切実に詩を求めた」と述べる。本棚の前にしゃがみ込み、三〇分間詩を読みながら「しがない現実を直視する」だけでも解放感を得ることができたという。彼女が言うには、詩は生を慰めもしないし、癒やしもしない。本で引用されている詩人ファン・ドンギュの言葉のとおり、「詩は、幸せなしに生きる訓練」なので、毎日毎日が不幸でも詩を読むことで「不幸なまま幸せに生きられる」というだけだ。

最近友人は、詩人になりたいという気持ちはもうないという。詩を書くのを諦めたとか、詩が嫌いになったからではない。詩と同じくらいおもしろいものがほかにもあるからだ。今も詩を読むのが好きで詩の動向にも詳しい彼女に先日会ったとき、また聞いてみた。

「わたしたちはどうして詩を読むのかな?」

「つらいからでしょ。すごくつらいんだけど、詩がつらい気持ちをわかってくれるから」

二〇一三年に友人がプレゼントしてくれた詩集は、詩人キム・スンヒの『희망이 외롭다』（日本語直訳『希望が寂しい』）だった。友人と別れて家に帰り、その詩集を開いてみた。「〝お構いなしに〟という言葉」という詩を読んだ。冒頭はこうだ。「つまるところ、すべての詩のタイトルはこういうものではなかろうか？／わたしはこんなにも危篤なのだ……という／李《イ》箱《サン》〔詩人、小説家〕はあんなにも危篤の文学をやった、／わたしはこんなにも危篤なのだと、／金《キム》裕《ユ》貞《ジョン》〔小説家〕も、カフカも、ああいう危篤の文学をやった」。一日を終え、夜を迎えながら詩を読むわたしたちも、今日、危篤だったのだろうか。危篤であるほど生が切実なので、わたしたちは危篤の詩を読む。

13

オンライン書店、フェイスブック、インスタグラム

「われわれは、われわれの読んだものでできている」

マルティン・ヴァルザー『Vormittag eines Schriftstellers』

（日本語直訳『作家の朝』）

熱烈な読書家とは、本の情報に常にアンテナを張っている人ではないだろうか。誰が良い本をたくさん知っているか把握しておき、インタビューで話し手が言及した本について調べ、どういう本が話題になっているかチェックして本の情報を集める人。読むべき本はすでに山積みなのに、一日に何度も「ほかに読むべき本はないかな」とキョロキョロするのがクセになってしまった人。

そんな調子なので、読みたい本が多すぎて妙に心配になったりもする。「ここにある本、全部読めるのかな？」いくらため息をついても目の前の本を全部読む方法は一つしかないことも

わかっている。今読んでいるこの本をひたすら読み進めること。時には、本当におもしろそうな別の本をスタンバイさせておくことが、目の前の本を精力的に読むためのモチベーションになることもある。

わたしは、本を読んでいる途中でも、何度も中断して本の情報を集める。本の中で言及されている本があると、まるで著者がわたしに薦めてくれているように思えて、さっそく検索してみる。論文の価値はほかの論文に何回引用されたかで決まるように、本の中で言及されている本はとりあえず信頼できる気がする。その本が、わたしが普段から関心を持っている分野のものなら、やるべきことが一つ増える。忘れないうちに、オンライン書店のショッピングカートに入れておくこと。とりあえず入れておき、のちのち読みたいと思ったときに数冊ずつ注文する。

最近は、フェイスブックからも本の情報をよく仕入れる。そのために、出版社や大型書店、オンライン書店、ポッドキャスト、町の本屋さん、マスメディアのアカウントをフォローしてある。出版社のアカウントでは新刊情報を手に入れ、マスメディアや書店の「本のコラム」では誰かに深い印象を残した本の存在を知る。フェイスブックの「友達」が何気なくアップした「わたし、最近この本読んでます」という文章を見かけたときも、じっとしてはいられない。初めて目にするのに心待ちにしていたように思える本に出合ったときも、オンライン書店のショッピングカートへ直行だ。

社会疫学者キム・スンソプの『아픔이 길이 되려면：정의로운 건강을 찾아 질병의 사회적 책임을 묻다』（日本語直訳『苦しみが道になるには：正義にかなった健康を求め、疾病の社会的責任を問う』）という本も、出版社のフェイスブックで初めて知った。ほどなく新聞社の書評を発見し、さらにフェイスブックの「友達」の「今この本読んでます」という文章まで立て続けに目にした。オンライン書店の著者プロフィールには「一生懸命生きている人たちが自分の人生に誇りを持てないのなら、それは社会の責任だと考える」という文章があった。「試し読み」で序文を読んでみると、著者は、わたしたちが健康に生きるためには医療技術の発展だけでは不十分だと述べていた。社会が個人の健康に責任を負うべきだという意味だ。わたしはこの本が「初めて目にするのに心待ちにしていたように思える」本だとすぐにわかった。

韓国の建設現場で働く労働者を苦しめるもっとも重要な要因は、がんを誘発し得る遺伝的要因ではなく、不安定な雇用のなかで安全装置もなく日々働かねばならない危険な作業現場であるはずですから。腰痛があっても病欠を取れないソフトウェア開発者にとって、すぐ隣のビルにある病院の医療技術は、果たして実際に存在しているものと言えるでしょうか。

少し前には「#ブックスタグラム」で検索もしてみた。最近は、インスタグラムで本の情報をやり取りする文化が出版市場にもかなり大きな影響を及ぼしているという。まるで旅先で認証ショット〔ある場所を訪問したことを証明するために撮る写真〕を撮るように、本の写真を撮って互いに情報を共有するのだ。最近みんながどんな本を読んでいるのか知りたければ、「#ブックスタグラム」（または「#本スタグラム」）で一度検索してみてほしい。実に数百万件もの「#ブックスタグラム」の写真が表示されるはずだ（今この瞬間にも写真はどんどんアップされている）。

インスタグラムの世界では、テーブルの上にきちんと置かれた本の表紙や、本とビールまたはコーヒーの組み合わせ、アップで撮影された本の文章、フォトショップで叙情的な背景の上に引用句を表示したもの、などが共有されている。本のタイトルを確認しキャプションを読みながら画面をスクロールすればするだけ、際限なく画像が表示される。なにしろ数百万件あるので！　存在感を放つ本が次々とアップされていく空間には、わたしの知らない本の写真があふれていた。オンライン書店のホームページも同時に開いておき、新たに知った本を一冊ずつ検索してみる。さて、どの本を選ぼうか？

14

ベッドと夜、そして照明

海外旅行に出かけるとなると決まって発動する、昔からのクセがある。実現しないとわかっていながら毎回同じ計画を立て、まんまと失敗して帰ってくる。どの国、どの都市、どの路地でもいい。エキゾチックな雰囲気の漂う場所で何時間でも座って本を読む自分の姿を具現化すること。そのために、七泊九日の日程でチェコ、ハンガリー、オーストリアへの旅に出る際、『Eloge de la marche』(日本語直訳『歩くことの賛美』、ダヴィッド・ル・ブルトン著)や『赤い薔薇《ばら》ソースの伝説』(ラウラ・エスキヴェル著)、『灼熱《しゃくねつ》』(シャーンドル・マーライ著)をはじめ、五冊も本を持っていった。

イメージの中のわたしの姿は、どこかで見たような場面を忠実に再現したものだ。たとえば、バリ島で見かけた美しい女性。彼女はパラソルの下に身を横たえて何時間も本を読んでいた。もしかしたらフランソワーズ・サガンの『ブラームスはお好き』かもしれない本を。いつだったか映画か写真で見た場面も思い浮かぶ。エッフェル塔にほど近い、パリのとある路地のカフェで、ミラン・クンデラの『ほんとうの私』を読んでいる中年男性。小粋に足を組み、開いた本は右ももの上にうまい具合に置かれ、テーブルの上のカップにはコーヒーが半分ほど残っていて、そして、必ずメガネをかけているのだ。

そういう場面に、わたしは本のロマンを見いだす。本はロマンチックだ。本を読む人もそうだ。本の中に深く潜り込んでいる人だけが放つ空気。その雰囲気。その視線。この世でもっともひそやかで静かな変化は本を読んでいる人の内面で起こっていて、その人の姿そのものが、わたしにとってはもっともロマンチックなイメージとなる。だからわたしもそのイメージの中に一度入ってみたいのだ。

けれど旅先に到着したわたしは、ひとところにじっとしていられない。カフェでのんびり座って本を読みたいと思っていても、三〇分もしないうちに本をかばんに放り込み、当てもなく路地を歩き回る。ロマンを身にまとうことのできない自分を時折情けなく思いながらも、その実、目に入るものすべてに反応しながら。

日常性について考えてみる。七泊九日の旅ではけっして獲得できない、旅先での日常性。旅に来て、ひと月、いや、ふた月過ごした人にとっては、プラハが、ブダペストが、ウィーンが、いつしか日常的な場所になっていたのではないだろうか？　外部の環境に感覚が刺激されることがなくなって初めて、カフェで座って本を読めたのではないだろうか？　でも、わたしの感覚の触手は相変わらず、目の前の本ではなく、本以外のすべてのものへと伸びていく。

そもそも、誰かの日常性を、わたしが勝手にロマンだと解釈していただけかもしれない。だからもう、計画が失敗に終わっても気にしないことにした。イメージの中の姿を諦めるという意味ではない。彼らと同じく、わたし自身の日常の空間でロマンを見つけてみようということだ。

ベッドという空間に、夜と照明というスパイスを振りかけると、ロマンが立ち現れた。高い航空券の代わりに七万ウォンの照明を買ってベッド脇のテーブルに載せ、夜になるのを待つ。夜になったら明かりを灯す。明かりに照らされながらベッドに寝そべって本を読む。わたしが味わうことのできる最大限のロマンが今この時間、この空間に誕生する。感覚の触手はまっすぐ本だけに伸びていく。

チョン・ヘユンの『침대와 책 : 지상에서 가장 관능적인 독서기』(日本語直訳『ベッドと本 : 地上でもっとも官能的な読書記』)は、タイトルからして、日常とロマンが出合う最高の地点に達している。一途な多読家による感覚的な語りを前に、わたしは、昼のあいだ被っていた社会的自我を脱ぎ捨て、喜びと恥じらいと共にロマンチックな自我を握りしめる。夜にこんな文章に出合うと、思わずクスリとする。

疲労や、不安や、心配や、ときめきや、期待や、明日の仕事を、本を読むことで帳消しにしてしまうのは、わたしの一番年季の入ったクセだから。

ベッドと本と夜、そして照明さえあれば、わたしたちのいるこの場所が、どこかの国、どこかの都市、どこかの路地、どこかのカフェになる。わたしたちは夜ごとロマンチックな人間に生まれ変わり、美しいイメージの中の人物になる。ほかの誰かを本が読みたいという気持ちにさせながらも、自身は本を読むことにしか関心がない、そういう人間に。

15

好きな作家がいるというだけで

「本を読んで気に入った作家ができたのだけれど、その作家の書いた本を調べてみたら、なんと一〇冊以上もあるのです。これほど楽しいことがほかにあるでしょうか?」

アラン・ベネット『やんごとなき読者』

職場の同僚として出会ったわたしたちは、まるで高校時代の「相棒」のように、よく一緒に遊んだし、よくケンカもした。内面に批判の刃《やいば》を秘めていたわたしと、内面に一握りの闇をたたえていた友人は、冗談もよく通じた。目が合うたびに「相棒よ、早くわたしを笑わせてみたまえ」という視線を送り合っていた。在職中にわたしたちが交わした冗談の量は相当なものだ。友人にはいろいろな魅力があったが、なかでも、ある作家の熱烈なファンであるという点がわたしは一番うらやましかった。彼女は、ほかの本には目もくれず、ひたすら村上春樹の本だけを読んだ。夜もハルキ〔韓国では親しみを込めてこう呼ばれることが多い〕の本を読んでから眠りにつき、退屈なときも、憂鬱なときもハルキの本を読んだ。わたしは、彼女の情熱に圧倒されなぜか自分も読まねばならない気がして読んでみたものの途中で挫折してしまったハルキの本の数々を、ときどき思い浮かべてみた。『海辺のカフカ』、『ねじまき鳥クロニクル』、『ノルウェイの森』……それから、あと何があったっけ？

そんなありさまを打ち明けると、友人は『ダンス・ダンス・ダンス』を薦めてくれた。彼女の期待とプレッシャーを一身に受け、わたしは長い時間をかけてハルキの小説を初めて「最後まで」読んだ。その様子に感心したのか、友人はわたしの誕生日に当然のように『村上ラヂオ』というエッセイ集をプレゼントしてくれ、わたしはまたもや友人の期待とプレッシャーを一身に受け、ハルキの本を再び「最後まで」読んだ。そうしてわたしはハルキ（の小説ではなくエッセイ）のファンになった。いつだったか友人にショートメッセージで聞いてみた。

「ハルキの魅力って何？」

彼女はこう答えた。

「彼の率直さ、ためらいのなさ、奔放さ、簡潔さ、無駄のなさ、奇抜な想像力！　そして、クスリと笑わせるユーモアセンス！　わたしは彼を愛しているのかも……」（二〇〇六年に実際に送られてきたメッセージだ）

バートランド・ラッセルの言うように、わたしたちが対象に抱く関心の大きさがわたしたちの幸せに影響を及ぼすのなら、ハルキの新刊が出るたびに友人の幸福度は急上昇していたはずだ。誰かのファンになるというのは幸せなことだ。

わたしも友人のように作家のファンになってから、読書がより楽しくなった。長いあいだわたしは本の著者やタイトルをあまり気にしていなかった。著者が誰であれ、タイトルが何であれ、本がおもしろければそれでよかった。やがていつのころからか著者が気になりだし、著者の名前を覚えるようになった。著者と本のタイトルを結びつけ、好きな作家や好きな本を指折り数えるようになると、それまでは見えていなかった世界が目に入ってきた。作家と読者が活字を介して作り出す、興味深い知的世界が。

この世のどこかの小さな部屋で何カ月、あるいは何年という時を過ごしながら一つの世界を創造する作家。この世のどこかで、人生がもう少しうまくいってくれたらと夜ごと願いつつ本を開く読者。その二人が、ある書店の陳列台で偶然出会った、そのあとの時間。作家が自身の思考で築き上げた世界が読者の現実に与えた一筋の希望。読者は、称賛の気持ちを込めて作家に語りかける。あなたの本は実に良い、と。あの本を書いたあなたも実に良い、と。もしかしたらわたしはあなたを「愛しているのかも」……。

友人と違い、わたしには好きな作家が何人もいる。ポール・オースターもその一人だ。タイトルに惹かれて手に取った『ブルックリン・フォリーズ』を読んでたちまちファンになり、続けざまに読んだ『ムーン・パレス』と『リヴァイアサン』で、ファンとしての気持ちが固まった。ニューヨーク三部作として知られる『ガラスの街』、『幽霊たち』、『鍵のかかった部屋』をはじめ、『サンセット・パーク』や『その日暮らし』はもちろんのこと、その後の本もおもしろく読んだ。ポール・オースターの存在を知るきっかけとなった本だからか、一番好きな作品は今でも『ブルックリン・フォリーズ』だ。さらに、この本のおかげでニューヨークのブルックリンまで好きになった（行ったことはないけれど）。

「今は哀しい一人の人間として生きているけれど、偶然この手をつかんでくれたあなたのおかげで、わたしは再び希望を抱くことができるようになった」。『ブルックリン・フォリーズ』がわたしに伝えてくれたメッセージだ。この小説を読んで、もしも、期待していた未来がしがない現実となって目の前に現れたとしても、失望に打ちひしがれる必要はないのだと安心することができた。たとえ奈落の底にいても、冗談を言い合える友人がそばにいれば、また元気を出せるはずだから。「私は静かに死ねる場所を探していた」で始まるこの小説が一筋の希望を与えてくれたという事実も、わたしがこの本に、そしてこの本を書いたポール・オースターに惚《ほ》れた理由の一つだ。

16

本とお酒

何かが好きだという人物をじっくり観察してみると、好きなものをより楽しむためにいろいろ努力していることがわかる。すでに観たドラマをあらためて「一気観《いっきみ》」するために、シャワーを浴びてすっきりし、冷蔵庫で冷やしておいたビールを取り出し、ビールに合う塩気のあるお菓子を用意する。映画にハマっている人なら、レビューに目を通し、関連する批評誌を丹念に読み込む。その人にとっては、今日観た映画をさまざまな観点からじっくり批評してみることが、人生の楽しみなのだ。

趣味で絵を始めた人は、絵の同好会に加入し、メンバーたちとちょっとした展覧会を開いたりもする。新たな挑戦がもたらす緊張感やときめきが、絵に対する情熱をかき立ててくれる。野球が好きな人はどうだろう。一週間かけて家族をうまく引っ張り込み、自分の応援するチームのユニフォームを着せて一緒に球場に行き、元気いっぱい応援する。持参した応援グッズを振り回し、試合の合間には家族におやつも買ってあげながら。

ドラマ化もされた漫画『孤独のグルメ』の原作者、久住昌之によるエッセイ『昼のセント酒』を一文で要約すると、こうなるだろう。「どうすれば酒をもっと旨《うま》く飲めるか考え抜いた末、銭湯を訪ね歩くようになった男の話」。銭湯で一、二時間ほど身体をほぐし、近くの飲み屋に寄ってビールを一杯やるときの気分。銭湯にはもう何年も行っていないという人でも、久住昌之が口にするビールの味はおのずと想像できるだろう。クーッ！

延禧洞《ヨニドン》〔しゃれたカフェや食堂が並ぶ、ソウル市内の住宅街〕にある「本バー」に足を踏み入れる際にわたしが求めていたのも、まさに「銭湯」だったのかも!? 本を読む楽しさを少しでも「グレードアップ」してくれる、何か。たとえば雰囲気とか、おいしいお酒とか、隣で本に没頭している人の表情とか、ほかの人の迷惑にならないよう声をひそめて話す人たちの配慮とか、そういう何か。

「おひとりさま大歓迎」と書いてある立て看板の脇を通って中に入ると、一人で来ている客が三、四人、すでに本を読みながらお酒を飲んでいた。わたしはテーブルにかばんを下ろし、メニューに目を通して注文した。

「カティーサークのハイボールをください」

すると、『소설 마시는 시간 : 그들이 사랑한 문장과 술』（日本語直訳『小説を飲む時間 : 彼らの愛した文章と酒』、チョン・インソン著）の著者であり、バーテンダーでもあり、何より、この店の店長である彼が言った。

「甘さはまったくありませんが大丈夫ですか？」

わたしはうなずいて笑顔を返した。あなたの本に登場するお酒の中から選んだんですよ、と心の中で答えながら。甘さはないもののレモンの風味が絶妙なハイボールをちびちび飲みながら、ポール・ハーディングの『Enon』を読んだ。小声で話す人すらいないので、バーに流れる音楽の向こうに、ページをめくる音だけが聞こえる。バーテンダーがグラスに氷を入れてかき混ぜ、客はそれぞれうつむいて静かに本を読んでいる。店の雰囲気は、期待していた以上に良かった。

膝を抱えるように椅子に深く身を沈め、半分ほど残ったハイボールを飲みながら小説を読む気分は、そう、まさしく、銭湯でひとっ風呂浴びたあとにビールを飲んでいる気分だった。すでに好きなものをさらにグレードアップして楽しむ方法は意外とたくさんあるのだと確信した。そこに座っていると、どうしてこれまで本とお酒の組み合わせを思いつかなかったのだろうと不思議に思うほどだった。

そろそろ腰を上げる時間。一杯のハイボールと、気分の良い二時間と、数十ページの読書を記憶に刻みつつ、バーを後にする。ひんやりとした夜風が吹いていた。『小説を飲む時間』の最後の文章が頭に浮かんだ。家に帰り、本を最後まで読んでから眠りについたら、本当に幸せな一日を過ごしたと言えそうだ。

すっかり日も暮れたのに、まっすぐ家に帰りたくないような、そんな夜があります。なのに誰かと会う約束もないときは、どこへ行けばいいのか困ってしまいますよね。そんなとき、本を読もう、と思ってくれたらうれしいです。

17

読みたくなければ読むのをやめる

「わたしたちはみな、自分自身が主人公である物語を読んで解釈せざるを得ない状況に置かれた批評家なのかもしれない」

シン・ヒョンチョル『정확한 사랑의 실험』（日本語直訳『正確な愛の実験』）

これまでに、読んではやめ、読んではやめを一番繰り返した本は、ウンベルト・エーコの『薔薇の名前』だ。読もうと本を開くたびに、本文より長い注釈のある最初のページに圧倒された。それでもなんとか本文に集中しようとするのだけれど、話者の言及する本のタイトルが『J・マビヨン師の版に基づきフランス語に訳出せるメルクのアドソン師の手記』だったり『ベネディクト修道会の聖務日課の時間』だったりするかと思えば、修道院の敬拝時間は「朝課、讃課、晩課、終課」に分かれている、というくだりがあったりで、とにかく目にも頭にもすんなり入ってこない見慣れない単語だらけで、がっくりと力が抜けた。

そのたびに、わたしにこの本を薦めてくれた姉はこう言った。「一〇〇ページだけ辛抱しなさい」。一〇〇ページを過ぎたら、読まずにはいられなくなるから、と。アドバイスに従って再びチャレンジするものの何度も挫折し、この本や作家に対する世間の称賛を複雑な気持ちで嚙《か》みしめるばかりだった。けれど、それにしても評判が良いので、気になってもう一度チャレンジし、ついに一〇〇ページを過ぎた。姉の言うとおり、ひとたびハマるとそのあとは、読まずにはいられなくなる本だった（一時期、わたしの理想のタイプは主人公のウィリアム修道士だった）。

「一〇〇ページだけ辛抱しなさい」。姉にそう言われた本が、そのあとにも、もう一冊あった。ヘンリー・デイヴィッド・ソローの『ウォールデン　森の生活』だ。姉は、自然主義がどうとかこうとか言って薦めていたが、わたしはまたしても一〇〇ページの壁をなかなか超えられない。やがて、ようやく超えたある日以降、ソローという名前と『ウォールデン　森の生活』という本は、わたしが必要とするたびに心の支えになってくれた。

もちろん、途中でギブアップした本もたくさんある。後半の内容に興味が持てなくなったら、あっさり本を閉じてしまうほうだ。別れを告げた本に未練はない。人と人とのあいだには「その程度の縁」というのがあるように、本と人とのあいだにも「その程度の縁」というのがあるはずだから。縁のない人と無理して関係を続けるより新たな縁に目を向けるほうがいいように、本についても同じことが言える。

ところで、途中でギブアップしたくない一心でいつまでも本と格闘している人はけっこう多いようだ。今読んでいる本を最後まで読まねばという頭があるので、ほかの本を開いてみるなんて思いもつかない。だから続けて読んではいるものの、ページが進まないので本にもあまり手が伸びない。そうやって徐々に本から遠ざかっていく人がどれほど多いことか。

「いっちょ読んでみるか！」という気持ちで、手ごわい本に挑戦するのはよい。でも、意気揚々と挑戦した結果、読書の楽しさまで失ってしまいそうなら、こう考えてみよう。「今は読めなくてもいつかは読める」。今は自分の関心や好奇心がその本を受け入れようとしないだけなので、今読んでいるその本はいったん手放してもいい。状況が変化し考え方が変われば読みたいと思う本も変わってくるので、そのときまた手に取ればいいのだ。

挫折を繰り返した末、ついに読み通した本が「人生の本」になるとしたら、それもまた「縁」だろう。わたしにとっては『ウォールデン　森の生活』がそうだ。読み返すたびに、それまで気づかなかった文章や思考にあらためて魅了される。

一八四五年、ソローはたった一人、ほとんど何も持たずに、マサチューセッツ州コンコード市に位置するウォールデンの森に入る。湖畔に丸太小屋を建て、そこで二年二カ月のあいだ暮らしながら、生きることの精髄を満喫する。シンプルで本質的な生活から得た洞察をもとに、虚像にとらわれた人々に警鐘を鳴らし、あくせく生きる屈辱的な人生から抜け出して自分だけの人生を生きることを提案している。

わたしが森の中に入った理由は、慎重な生活を営むため、人生の本質的な事実だけに向き合うため、そして、人生で必ず知っておくべき事柄を学ぶことは果たして可能なのかを知るため、さらに、死の瞬間に至ったときに、自分は満足な人生を送れなかったという事実と直面するのを避けるためだった。生きることとはそれほど大切なものなので、生きているると言えないような生き方をしたくなかったし、やむを得ない場合を除いて、たやすく諦めたくもなかった。深く生きて人生の精髄をことごとく吸収したかったし、頑強かつ厳格に生きることで、生きていると言えないものを一切排除してしまいたかった。

上辺だけで中身のない現実から一歩離れ、より高い理想を追い求めたソロー。なんとすばらしい人物、なんとすばらしい本だろうと感じ入り、何人かの友人にこの本を薦めた。ある友人は言った。「いいことが書いてあるのはわかるんだけど、自分の生活とあまりにもかけ離れた話だから、なかなかページが進まない」。わたしは、それならいずれまた読んでみて、と伝えた。今は読めなくてもいつかは読めるかもしれないので。

18

本の効用

目が回るほど忙しかった一日が終わると、ベッドに横たわり、ほんの数ページでも本を読む。ほかの楽しいことに向かおうとする触手を引っ込め、できるだけ単調な日常を送るようにしている理由は、本を一冊でも多く読むためだ。いつものように何気なく本を開くとき、たまにこんな問いが頭に浮かぶ。「おまえは本に何を求めているのか？　何を求めて、そんなに本を読んでいるのか？」

わたしは本がおもしろいから読む。でも本当に、ただおもしろいから読んでいるのだろうか？　本に求めることは一つもないと言えるだろうか？　そんな自問が浮かぶときは、「無用之用」という荘子の言葉を思い出してみる。読書は何の役にも立たないように思えて実は非常に有用なものだと、常々思っているからだ。

かつて人文学ブームのさなか、人々は、本をたくさん読めば成功できるだろうと期待した。絶望だらけの社会に本が希望をもたらしてくれるなら、実に喜ばしいことだ。けれどわたしは、本の効用が社会的成功にあるとは思えなかった。わたしの読書法では、シェークスピアの戯曲と資本主義の成功公式を結びつけることができなかったからだ。荘子の本を読んだ人が、あるいは「無用之用」を理解した人が、果たして成功だけを望むだろうか？　成功を求めて人文学の本を読みはじめたとしても、最終的には、成功ではなく人生に目覚めるのではないだろうか。

「おまえは本に何を求めているのか？」という問いに対するわたしの答えは、こう続く。本を読んで強くなりたい。より揺らがない、よりどっしりした人間になりたい。傲慢でもなく、無邪気でもない人間になりたい。自分の感情に率直でありながらも、感情に振り回されないようになりたい。大げさに言えば知恵を得たい、日常生活では賢明になりたい。世の中を理解し、人間のことがわかるようになりたい。

こうやって答えを羅列してみると少々気恥ずかしい。いっそ成功を望むほうが簡単そうだ。今の自分の姿と、自分の望む姿とのギャップがとてつもなく大きいという事実を思えば、なおのこと。一方では、こうした望みの数々が、自分が本を読むもっとも強い原動力になっていることも知っている。「欠如」が人を導くように、数多くの「不十分さ」がわたしを本の中へと導く。

先日、イザベル・ユペール主演の映画「未来よ こんにちは」を観た。驚いたことにその映画では、わたしが少々気恥ずかしいと思った「答え」たちが、俳優のすばらしい演技によって、一人の人間の生きざまとして描き出されていた。中年女性が夫の裏切りや母親の死、仕事上の変化に淡々と向き合っていくストーリーで、わたしは主人公ナタリーの反応がことごとく気に入った。自分の人生にじわじわと、あるいは唐突に「迫りくるもの」〔韓国での映画のタイトル〕に、彼女は賢明に対応する。わたしたちは自分の人生に迫りくるものをコントロールすることはできないけれど、それらに対処する方法はコントロールできる、と映画は語っていた。自分の人生が崩れそうなとき、あるいは、この手を握ってくれるだろうと期待していた人たちに逆に人生を引っかき回されたとき、本がわたしたちを支え、守ってくれる、とも語っていた。ナタリーの手にしている本は、彼女の知的水準を思わせる指標というより、彼女の柔軟さや成熟ぶりを示す隠喩となっていた。

モンテーニュは『エセー』でこう述べている。

避けることのできない苦しみならば、われわれはその苦しみを耐え忍ぶ方法を学ばねばならない。

人生の奥深いところを刺激するこういう文章に出合うと、わたしたちはアンダーラインを引きながらその文章を受け入れる。その一方で、強い疑念を抱く。自分は果たしてこの文章を内面化できるだろうか。自分の人生に適用できるだろうか。

わたしは「未来よ こんにちは」のナタリーを見ながら、「きっとできる」と思った。アンダーラインを引いた文章はわたしたちの内面に染みていくはずだ、と。染み込んだ文章がわたしたちの人生を支えてくれる日が、いつかやってくるだろう、と。ナタリーが「わたしは大丈夫。ちゃんと受け入れている」と言ったときその言葉が真実であったように、わたしたちがこの先いつか友人に「わたしは大丈夫」と言うときその言葉もまた真実であるはずだ、と。なぜならわたしたちは、人生をどのように受け入れるべきか、本を通してすでに知っているから。役に立たないように思える「本」が、わたしたちをうんと強くしてくれたから。

19

図書館の本

「重要な人物たちは、読書よりはるかに重要なことがあると言う。確かにそうだ。それでもわたしたちは口笛を吹きながら、名誉や金とは関係なく、本を読みつづけるのだ」

シャルル・ダンツィーグ『Pourquoi Lire?』（日本語直訳『なぜ読むのか？』）

わたしが本を図書館で借りて読むようになったのは、ここ数年のことだ。借りていなかったことに、特に理由があったわけではない。最初から買って読んでいたので、なんとなくそのまま買って読んでいた、というか。この世のどこかに図書館があることは知っていたけれど、自宅から七分のところにあるとは思っていなかった、というか。そんなある日、ついさっき通りかかった場所が図書館だということに気づき、その日から図書館の愛用者になった。

わたしがおもに利用する図書館は、こぢんまりした静かな雰囲気のところだ。中央には大きな机二台が向かい合わせになっていて、たいていその机には誰もおらず、たまに利用者が一人か二人、静かに本を読んでいる。学校が休みに入ると風景は一変する。学校の代わりに図書館にやって来た子どもたちは、館内のキッズスペースで飛び跳ねて遊んだり、机に向かって童話の本を読んだりスマートフォンをいじったりする。

ここ二、三年で、夏の風景も変わった。扇風機ではどうにもならない暑さから逃れようと図書館を訪れる人が増えた。わたしは家でゴロゴロしながら本を読むのが好きなので、読むために図書館に行くことはないのだけれど、本を借りにいくたびに、多くの人が机に向かっているのを目にした。

図書館の中を見て回ると心が満たされる。目に入る本はすべて、自分が読む気にさえなれば読めるというのだから！　前から読んでみたいと思っていた本、初めて見る本、手垢《てあか》のついた本、まるで新品のようにきれいな本が、あちこちからわたしに手招きしているようだ。早くわたしを取り出して心ゆくまでお読みなさい、と。わたしは、目の前に並ぶ本の中からあの本、この本と取り出しては、どれを読んでやろうかと、もったいぶって品定めをする。図書館では気楽に本を選べるのがよい。借りた本がいまひとつだったら返却すればいいだけなので。

ジャン＝ポール・サルトルの小説『嘔吐《おうと》』に出てくる「本の虫」は、図書館で本を一冊借りると、読み終わるまでは絶対に返却しない人物だ。主人公アントワーヌは、本に埋もれて暮らす彼と（当然ながら）図書館で出会った。ある日アントワーヌは、その「本の虫」が本をどのように読んでいるのかを見抜く。図書館にある本を読み尽くすつもりで、アルファベット順に読んでいるのだった。実に七年ものあいだ。

七年前のある日、彼は意気揚々とこの部屋に入ってきたのだろう。壁を埋め尽くす無数の本に目をやると、まるでラスティニャックのように「人類の知識よ、さあ、君と僕との対決だ」とつぶやいたのだろう。そして一番右の書架の一番端にある本を取り出してきた。最初のページを、尊敬と畏敬の念の混じった不動の決意と共に開いたのだ。彼は今、Lまできている。Jの次がK、Kの次がLだ。

そういう計画は、そういう計画を立てているという事実だけで、聞く人を驚かせる。もし誰かが、図書館にずらりと並ぶ本を指して「わたしはここにある本を一〇年以内に全部読むつもりです」と言ったら、わたしは「うわあ、すごいですね」以外に返す言葉がないと思う。そういう猛烈なタイプには、なぜか距離感を覚えてしまう。どちらかと言うと、わたしは次のような言葉のほうが好きだ。フランスに自分だけの図書館をつくりその中で幸せを満喫しているアルベルト・マングェルが、著書『図書館：愛書家の楽園』で述べた言葉だ。「どういう規模の図書館であれ、そこにある本をすべて読む必要はない。記憶と忘却が適度にバランスをとるとき、読書家は利益を得る」

猛烈さなど持ち合わせていないわたしは、図書館に行くと、その日その日の気分に合わせて本を選ぶ。図書館に到着するまでは、ただ「読みたい」という感覚しかないので、自分が「どんな本」を読むことになるかはわからない。だから図書館に着くと、まるで未知の世界を探検するように、あの本、この本と、目に留まったものから手当たり次第に見ていく。やがて「これだ」と思う本を見つけると、借りて帰って（わたしにはマングェルのように自分だけの図書館がないので）自室で読む。

普段読まないテーマの本を借りることもあれば（いまひとつなら返却すればいいだけなので）、心待ちにしていた新刊を借りることもあるし（読んでみて、所蔵したいと思ったら買う）、時には、昔、途中で読むのをやめた本を、ふと最後まで読みたくなって借りることもある（「今は読めなくてもいつかは読める」から）。自由にアンダーラインが引けないことを除けば、買って読むのも借りて読むのも大差ない。だから週に一、二度、わたしは図書館に行く。

20

文章収集の喜び

本を読み終えたら文章を抜粋する。その部分をカメラで撮っておくこともあれば、一文一文、メモアプリに書き写すこともある。書き写す場合、ゆうに一、二時間はかかるけれど、作業を終えるたびにひとり味わう達成感は格別だ。そうやって抜粋に力を入れていると、ふと、自分は文章を収集するために本を読んでいるのだろうか、と思うこともある。できることなら、良い文章を一文たりとも逃したくない。

小説家キム・ヨンハは、読者がアンダーラインを一つも引かないような小説を書きたいと言っていたが、もしそんな小説を読んだら、わたしはひどく物足りなく感じそうだ。本が呼び起こす情緒や感覚に心が動けばそれで充分とも言える。でもわたしは本を読むたびに、自分の思考や感情、混乱、不安を解釈する手がかりを与えてくれる文章との出合いを期待する。そしてその文章にアンダーラインを引きたい。

わたしの人生をずっと追跡してきたかのような圧倒的な文章に出合ったとき、わたしにできるのは、ただ人生を振り返ることだけだ。文章を繰り返し読みながら、果たして自分に人生を変える力が残っているのか思いを巡らせ、時には、変えるのは不可能であると悟り、そうしてまた一つ人生について学ぶ。洞察に富んだ文章を発見すると、安堵《あんど》のため息をつく。もしその文章を知らなかったら、もっとありきたりの人生になっていただろうから。あるいは、ほかの誰かの人生を生きることになっていただろうから。

それゆえ、積極的な文章収集家であるわたしにとって、本はまるで「文章たちの運動場」だ。文章たちがあちこち走り回りながら「捕まえてみなよ」と言っているかのような。わたしは、そのときの状況や気分によって毎回違う文章を追いかけて走る。ようやく文章を捕まえたとき、脚はフラフラだけれど頭は実に爽快だ！　ついにパズルの最後のピースがピタッとはまった気分。

義務感だけで人と会うことに疲れつつあったとき、その状況から抜け出させてくれたのは、古代哲学者セネカの『人生の短さについて』で見つけた言葉だった。

誰も自分の金を分け与えようとはしないのに、自分の人生はいかに多くの人々に分け与えていることでしょう？　人は財産を守ることにかけてはケチくさいのに、時間を浪費することには鷹揚《おうよう》です。こと時間にかけては貪欲であって然《しか》るべきなのに。

歳《とし》とともに安定するどころか、ますますさまようばかりのわたしの人生に一条の光をもたらしてくれた本は、ゲーテの『ファウスト』だった。

人間は努力する限り迷うものなのだから。

人間不信に苦しんでいても、『全泰壹《チョンテイル》評伝』（趙英来《チョヨンネ》 著）で以下のような文章に出合うと、再び人間を肯定することができた。

いかなる人間的な問題も見過ごさないことが、人間の備えるべき人間的な態度だ。

受け売りの考えではなく自分なりの考えを表現するところに個人の価値を見いだしたいときは、アインシュタインの『상대성이론／나의 인생관』（日本語直訳『相対性理論／わが人生観』）を読んだ。

虚飾に包まれた人生で本当に価値あるものは、国家ではなく、独創的かつ感覚の繊細な個人、すなわち個性だ。大衆が思考も感覚も一様に鈍った状態にあるとき、そういう個性だけが高潔で気品あるものを創造する。

友人とケンカしてつい過去のことを蒸し返してしまったとき、わたしの目を覚ましてくれた文章は『哲学者とオオカミ：愛・死・幸福についてのレッスン』（マーク・ローランズ著）の中にあった。

わたしたちはある記憶を思い浮かべるとき、もっとも鮮明な記憶を思い出そうとして、もっとも重要な記憶を逃してしまうものだ。

たまに、自分でも持て余すほどネガティブな感情にとらわれることがある。この先もう二度と今より良い状態にはならない気がして憂鬱になってしまう状況。そんなときは、申栄福《シンヨンボク》の『감옥으로부터의 사색』（日本語直訳『監獄からの思索』）で見つけた「ごく些《さ》細《さい》な喜び」の力を思い出してみる。

その場に穴を掘り、そこに埋まって死んでしまいたいと思うほどの沈痛な悲しみに暮れていても、実に不思議なのは、それほど沈痛な悲しみが、ごく些細な喜びによって慰められるという事実だ。

どう生きるべきか、という問いに、どう答えればいいかわからず途方に暮れるときは、『本を書く』(アニー・ディラード著)から抜粋した、以下の文章を思い浮かべる。一日一日が集まって人生を成すという事実にあらためて気がつくと、再び、一日単位の目標に熱中することができる。

一日をどう過ごすかという問題は、わたしたちの人生をどう過ごすかという問題を意味する。

孔子の『論語』は、まさに「文章たちの運動場」そのものだった。

知っていることを「知っている」とし、知らないことを「知らない」とする。これが知るということだ。

もし富が、求めて得られるものならば、行列の露払いという卑しい仕事でもやろう。だが、求めて得られるものでないのなら、自分の好きなことをしよう。

節度ある生活をしていて間違いを犯すことは稀だ。

たとえるなら、山を作っていて、ザルにひとすくいの土が足りないせいで作るのをやめたとしても、それは自分がやめたのである。またたとえるなら、地面を平らにするためにザルにひとすくいの土を撒《ま》いただけで仕事が進んだのなら、それは自分が進めたのである。

本を読みながらでもいいし、読み終わってからでもいい。気に入った文章があったら、メモ帳に書き出してみるといい。何かの理由で心がざわざわするとき、メモ帳を取り出して読んでみるのだ。たった一つの文章があなたの人生に語りかけてくるかもしれない。あなたはきっと、その文章を読みながら気づくだろう。道に迷ったときは文章からヒントを得るという方法もある、ということに。一冊の本にできないことを一つの文章がやってのけることもある、ということに。

21

読書会

「読書は、他人の思考を反芻《はんすう》するにとどまらず、考える糧を得られるというところにこそ、真の意味がある」

申栄福『감옥으로부터의 사색』（日本語直訳『監獄からの思索』）

EBS〔韓国教育放送〕の番組「知識チャンネルe」の「試験の目的」編では、フランスの高校生が大学入学のために受ける哲学の試験「バカロレア」を紹介している。試験では「他人を裁くことはできるのか?」「過去から抜け出すことはできるのか?」「すべての人を尊重しなければならないのか?」といった短い文章で三つの質問が与えられる。生徒たちはその中から一つを選び、四時間かけて記述式答案を作成していく。この試験を制定した目的は「みずから考え、行動する健全な市民を育成するため」だという。

番組で特に印象的だったのは、学校外の一般フランス人だ。バカロレアに対する彼らの関心の高さは相当なもので、その年出題された問題に、我も我もと競い合うように答案を作成する。政治家はテレビに出て自身の答案を発表し、学者や市民は講堂に集まって熱い討論を繰り広げる。「通りで、公園で、家の中で、フランスじゅうで」人々は哲学を論じる。

幼いころから、長い時間をかけて深く思考することを学び、大人になってからも哲学的思考で生活を営んでいくフランス人の暮らし。韓国とは明らかに異なる。教科書に出てくる誰かの思考をただ丸暗記するだけのわたしたちにとって、考え、討論する暮らしは、文字どおり遠い国の話のようだ。ところが、近ごろ韓国各地で盛んに開かれている読書会の様子を見ると、そうとも限らないようだと期待が湧いてくる。

同じ本を読んだ人たちが集まって討論し、考えを共有する場。わたしにはそういう読書会が、自主的におこなうバカロレアのように思える。教育システムはわたしたちの思考を決められた枠の中に押し込めたけれど、わたしたちはみずから枠を蹴破って出ていき、互いに声をかけ合っているのだ。「大丈夫だから、あなたの考えを自信を持って話してみて。間違っていてもいいから、考える力をみんなで一緒に育てていこう」

わたしも何度か読書会に参加してみた。三年、あるいは一年と、長期的に活動したこともあるし、数回参加しただけのものもある。初めて参加したときはどんなにぎこちなかったことか。みんなで車座になって真剣に対話するという経験がほとんどなかったので、何もかもがおぼつかなかった。自分の考えを話さなければというプレッシャーで胸がドキドキした。心の中だけで考えてきたことをいざ口にしようとすると支離滅裂になることも多かった。自分が口下手だということを、読書会で初めて知った。

それでも話したいことはあるので、心の中で「いつ発言しようか、今話してもいいかな」とやきもきすることもあった。わたしだけではない。参加者たちは、多少要領を得ない話し方でも、自分の考えを一生懸命に表現した。普段は抑え込んでいる自分の本当の思いを真剣に語ることができ、みんな喜んでいた。長らく解消されずパンパンに膨れ上がっていた自己表現の欲求が、読書会という場ですっきりと噴出されているようだった。

考えの衝突。読書会の醍醐味《だいごみ》だ。もちろん、考えと考えがバチバチと火花を散らしてぶつかり合う経験に、最初は戸惑うかもしれない。自分が考え抜いて出した結論が、相手の一言で、取るに足りない意見になってしまったら、がっかりもする。でもすぐに、考えがぶつかり合う過程そのものが大事なのだと気づく。これまでいかに、根拠のない考えを信念のように崇《あが》めてきたかを自覚した瞬間、考える楽しさにますます夢中になる。

あるときわたしたちは、ハンナ・アーレントの『エルサレムのアイヒマン：悪の陳腐さについての報告』を一緒に読んだ。数百万人のユダヤ人を殺害したナチの戦犯アイヒマンに残忍な殺人魔の姿を見いだしたがる人々に対し、ハンナ・アーレントは断固として言う。アイヒマンは〝わたしたちのように〟平凡な人間に過ぎないと。ただ〝わたしたちのように〟「自身の個人的な発展を図ることに格別熱心」だった人間に過ぎないと。

彼の話を長く聞けば聞くほど、彼の、話す能力の欠如は、考える能力の欠如、つまり、他人の立場で考える能力の欠如と非常に深く結びついていることが徐々に明白になっていく。彼とはいかなるコミュニケーションも可能ではなかった。

各自、本の投げかける「自分の頭で思考できないことは罪なのか？」という問いへの答えを胸に、わたしたちは討論した。わたしたち一人ひとりはアイヒマンとどれほど違う人間なのか、どれほど同じ人間なのかについて話した。今以上に「アイヒマンと違う人間」になるためにはどう生きるべきなのかを互いに問うた。問い、答える過程で勇気を得られることを、思考の末に行動できることを願った。

22 答えを探すために本を読む

アリストテレスが「人間の行為の目的は幸福である」と述べたと知り、びっくり仰天した。わたしは今まで幸福を追い求めたことがない、と思ったからだ。みんなが追い求めているという幸福を自分だけ追い求めていなかったという事実は、少なからず衝撃だった。労働はせず思索ばかりしていたアリストテレスが、よく知りもしないで適当に言ったことだと思いたくなるほどに。

そのときの驚きがわたしを幸福論の本へと導いた。まず「幸福とは何か」を知りたかった。ところが、本を読めば読むほど幸福とは何なのかますますわからなくなり、戸惑った。しかもアリストテレスまでもが『ニコマコス倫理学』でこう言っているではないか。

幸福とはいったい何か、に関してはさまざまな意見があり、大衆と哲学者はそれぞれ異なる答えを挙げている。（……）時には、一人の人間が異なる答えを挙げることもある。たとえば、病気になれば健康を幸福と考え、貧しければ富を幸福と考える、というように。

普通の人たちは、日常で幸せな気分を味わうとそれを幸福と考える。だがアリストテレスにとって、幸福感と幸福は別のものだった。彼は幸福を自己実現と結びつけて考えた。ピアニストになる素質を持って生まれた人は、粘り強い努力と忍耐によってついにピアニストになって初めて幸福と言える、ということだ。一方で、古代哲学者エピクロスは、快楽がわたしたちを幸福にすると言った。彼の言う快楽は素朴だ。三つの条件さえ満たせばよい。友情、物質や他人の要求から脱した自由、そして思索だ。

本を読むたびに、幸福に関する定義は増えていった。ある本では幸福を「楽しさと意味の総体的経験」と定義していたし、また別の本では、人間は仕事に没入することで幸福を感じると述べていた。さらに、幸福の秘訣《ひけつ》として「幅広い関心」を挙げている本や、「成熟した防衛機制〔精神的安定を保つための無意識的な自我の働き〕」、適切な体重、安定した結婚生活、運動」を挙げる本もあった。おもしろく読んだある本には、幸福は苦痛のない状態なので、幸福になろうと無駄に努力せず、うつ症状に効く薬を処方してもらうようにと書いてあった。ダライ・ラマは、幸福とは「平穏な心の状態」であるとして瞑想《めいそう》を勧めているし、釈迦《しやか》も、感覚をコントロールするために心の鍛錬に励むべきだと説いている。

ハーバード大学心理学部の教授ダニエル・ギルバートは著書『明日の幸せを科学する』で、

幸せには三種類あるとしている。感情的な幸せ、道徳的な幸せ、評価的な幸せだ。感情的な幸せとは「気持ち、経験、主観的な状態を指す言葉だ。よって、それに該当する物理的な実体は存在しない」。道徳的な幸せとは、わたしたちが道徳的に正しい行動をすることで得られる満足感を指す。評価的な幸せとは気分の良し悪《あ》しとは関係なく、「自分の人生を全体的に振り返ったとき、この程度なら幸せだと思う」というときの幸せだ。わたしたちが日々感じる幸せとはきっと、この三つのうちの一つの幸せか、あるいは三つが適度に混ざり合った状態なのだろう。

　幸福論の本を読みながら何が何だかますます混乱したけれど、少しわかったような気もする。この世で一番頭が良いという人たちがさまざまな分野で、さまざまな方法で幸福を定義しているのは、それだけ幸福がわたしたちの人生において重要だという意味だろうし、また、たやすく定義できない理由は、幸福が多分に主観的だからだ。そしてもう一つ。どうすれば自分が幸せになれるか、はっきりわかっている人は、ごく少数に過ぎない。もしかしたら幸福も、自由と同じく、各自が自分でつかみ取らねばならないものなのかもしれない。幸せになる権利、自由である権利は与えられたので、あとは各自が、自分に合った幸せを見つけにいかねばならないのではないだろうか。

　わたしは、人間の行為の目的は幸福である、と聞いたとき、自分は幸福を追い求めたことがないと思った。幸福に満ちあふれていた記憶なんてあったかな、と。だが、よくよく考えてみると、幸福を追い求めていなかったわけではない。幸せでないから会社を辞めたように、わたしの無数の選択の根底には幸せと不幸せがあった。にもかかわらず、今以上に幸せになれなかったのは、どうすれば自分が幸せなのかわからなかったからだ。

幸福論の本を読みながら、わたしにとっての幸福の条件を考えてみた。まず、わたしは夕方の薄闇の中を散歩するとき、幸せだ。三種類の幸せの中では「評価的な幸せ」にもっとも大きな意味を置いている。わたしがここ数年の生活に満足しているなら、それは今幸せだということだ。また、いい人たちとの関係や、穏やかで意味のある対話、一人でいたいときに一人でいる時間、仕事での成果、といったものが、わたしの幸せを左右する。これらが、わたしが本を読んで見つけた幸福だ。

23

電子書籍を読む

「教養を積んだというのは、あれこれ本を読んだということではなく、それら全体の中で道に迷わずにいられるということだ」

ピエール・バイヤール『読んでいない本について堂々と語る方法』

本を読む人はあまりいないけれど、文章を読む人は多い。スマートフォンが登場し、人々は以前より読むことが増えたようだ。一人でいるときや、友だちと一緒にいるとき、地下鉄の中で、さらには横断歩道を渡りながらも、文章を読む。イヤフォンをして動画を見ているのでない限り、スマホに目を落としている人は今「文章を読んでいる最中」だ。

わたしもやはり、インターネットで相当な量の文章を読む。何かが読みたいときは、ネットで目についた記事を何本かさくさく読んでいく。そんなふうに毎日欠かさずネットの文章を読んでいながらも、わたしはネットで文章を読む行為には懐疑的だ。複数の研究結果がわたしの頭に、ある情報を刻みつけたせいだ。研究結果は言う。「あなたは、本で文章を読むときよりもネットで文章を読むときのほうが、しばしば情報を読み飛ばし、注意力は落ち、少ない量しか理解していない」

有名な実験がある。ウェブサイトの使いやすさを研究する専門家ヤコブ・ニールセンは、ネットユーザー二三二人の視線の動きを追跡し、ネットで文章を読む際に人々の瞳がどのように動いているかを突き止めた。本を読むときとは異なっていたという。本の場合、左から右へと一行ずつ目で追っていたのに対し、ウェブ上では「F」字を描くように視線が動いていたのだ。最初の三行は丁寧に読むものの、そのあとは最後の行まで一気にすっ飛ばし、そして「全部読んだ」と考えていた。

この実験は、誰でもすぐできる。ウェブを開いて、どれでもいいから記事を読んでみてほしい。最初の文章から最後の文章まで、本を読むときのように丁寧に読むだろうか。何行か読んでは何行か飛ばし、また一、二行読んでは最後の行まですっ飛ばして「全部読んだ」とウェブを閉じていないだろうか。わたしたちはネットで文章を読むとき、全体の脈絡をじっくり把握していくというより、すでに知っている情報を中心に表面的にざっとなぞって終わりにしてしまう。アルファベットの「F」の形からわかるようにネットで読む際は読み落としだらけなので、こういう書き込みをしばしば目にする。「ちゃんと読んでからコメントしましょう」。まるで活字中毒者のように毎日文章を読む人はこんなにも多いのに実際の読解力は低い、という事実が、まさに、ネットの文章を読むことの限界を示している。

そういう状況を受け、ドイツの作家ウーヴェ・ヨッフムは著書『Bücher: vom Papyrus zum E-book』（日本語直訳『書籍：パピルスから電子書籍へ』）で実に手厳しい姿勢を示している。ネットで文章（電子書籍を含む）を読む人は「読者」ではなく「ユーザー」であり、彼らは「読解」ではなく「サーフィン」をしているのだと、両者を区別したのだ。カナダのコラムニスト、デイビッド・サックスは著書『アナログの逆襲：「ポストデジタル経済」へ、ビジネスや発想はこう変わる』で、デジタルで文章を読むこととアナログで文章を読むことは「次元の違う経験」だと述べる。そして読者にこんな注文もする。「みなさんの中には電子機器を利用してこの本を読んでいる人もいると思いますが、本は、アナログの環境で読むときが一番よく頭に入ってきます。ですので、しばらく携帯電話の電源を切っておいてください」

そういう情報が頭の中にぎっしり詰まっているにもかかわらず、わたしは毎日ネットで文章を読む。ただし、さっと読むだけでいい文章もあれば、じっくり読むべき文章もあることを念頭に置いておく。「F」字型か「E」字型（「F」字型で読み飛ばしてきて最後の部分を再び何行か読む方法）で目を通し、「きちんと読むべき内容だ」と思ったら、一行目に戻って本腰を入れてもう一度読む。ネットの文章を消費する「ユーザー」でもあり、文章を精読する「読者」でもあるというわけだ。ユーザーになるか、読者になるかは、文章の内容によって判断する。

先日、生まれて初めて電子書籍も購入してみた。あるコラムニストは、紙の書籍では哲学書や社会科学書を読み、電子書籍では小説やエッセイを読むと言っていたが、わたしには、マルコム・グラッドウェル系の本が電子書籍で読むにはいいように思えた。気軽に読んでいるうちに、奇抜なアイデアやウィットあふれる洞察に出合える本。手始めに『ORIGINALS：誰もが「人と違うこと」ができる時代』（アダム・グラント著）と『エゴを抑える技術：賢者の視点を手にいれる』（ライアン・ホリデイ著）をスマホの電子書籍アプリの本棚に入れておいた。時間を見つけて読んでいるところだ。

紙の書籍の内容をそのまま電子書籍に移しただけなのに、なぜ電子書籍より紙の書籍のほうがよく頭に入るのだろうか。紙の書籍には制約があるからだ。当然ながら、紙の書籍をタップしたからとメモ帳が開いたり、ブックマークの表示が現れたり、単語の検索窓が開いたりはしない。「そういう機能がない」という制約のため、紙の書籍を読むときは文章だけに集中するようになるのだ。よって、電子書籍をしっかり読みたければ、自分で制約を設ければよい。わたしはブックマークとハイライトの機能は使うけれど、ハイパーリンクは使わない。本を読んでいるときくらいはネットサーフィンをしたくないからだ。文章の中に深く潜り込み、行間の意味まで把握してこそ、真の読書と言える。

24

隙間時間に読む

そういえば、勉強しなさいと親に言われたことがない、と気づいたのは、高校三年当時から一〇年も経ってからのことだ。今さらながら気になって、リビングでニンニクの皮をむいていた母に、にやりと笑いながら聞いてみた。「お母さん、お母さんはどうしてわたしに勉強しなさいって言わなかったの？」すると母は真顔で言った。「おまえは、しなさいって言われてする子なの？　勉強しなさいって言ってたら、ますますしなかったでしょ？」

母の答えには「だから今もおまえには何も言えずにいる」という歯がゆさがにじんでいたが、わたしは申し訳ない気持ちより（すみません）、ありがたい気持ちのほうが大きかった。もし本当にガミガミ言われていたら、勉強を投げ出していたかもしれないから。両親の理解のもと、わたしは勉強も適当にし、ほかの事も適当にし、本も適当に読みながら、すくすく成長した。何一つ極めることはできなかったけれど（すみません）、たまにロマンチックな気分に浸りながら「あのころ好きだった作家」を思い浮かべることができるようにはなった。

わたしが最初に好きになった作家は、ドイツのパトリック・ジュースキントだ。彼の本はおもに中高生のころに読んだ。ふとしたときに顔を出す、わたしの中の「孤独な自我」は彼の影響が大きい。ひどく世間知らずだったわたしに「生きることそのものからくる孤独」を早々と教えてくれたのもジュースキントだ。試験勉強をしていて息苦しくなってくると、『香水：ある人殺しの物語』や『コントラバス』を読んだ。この世でもっとも孤独な主人公たちに出会うと、「なんのこれしき」という気持ちで再び勉強に集中することができた。

あれこれやってみても心が落ち着かないときは、同じくジュースキントの『ゾマーさんのこと』の「ゾマーさん」を思い浮かべると効果があった。ペーター・ゾマーなのかハインリッヒ・ゾマーなのか名前もはっきりしないゾマーさんは、物語の最初から最後まで、ただひたすら歩いている。午前四時になる前から歩きはじめ、夕方遅くまで村の周辺を一人で歩きつづけた。まるで、見えない誰かにずっと追われているかのように。もしかしたらその誰かというのは自分自身かもしれない、というように。小説全体を通して、ゾマーさんが、人々が聞き取れる明瞭な発音で言葉を発したのは、たった一度だけだ。

「だから、頼むからほっといてください！」

どこまでも孤独に見えたゾマーさんと当時のわたしの状況はまるで違っていたかもしれない

が、わたしはゾマーさんのその叫びに胸のすく思いがしたものだ。誰に向かって言いたいのかもわからないまましきりにつぶやいていた、ほっといて、という言葉。その言葉を独り言のように何度かつぶやくと少し気持ちがほぐれ、イヤイヤながらも微積分の問題を何問か解くことができた。

勉強が嫌で本を読んでいたわけではない（もちろん、勉強以外なら何でもおもしろかった時期ではあるけれど）。人生が、図体のでかい悪党のように恐ろしい形相で追いかけてくるときは、本でその悪党をやっつけると、再び顔を上げて心を強く持つことができた。ネイティブでも迷うような英語の出題文に途方に暮れながらも、高三の感受性に浸って涙を流しながらも、就職戦線から脱落しないようＴＯＥＩＣの勉強をしながらも、残業のあと帰宅して眠い目をこすりながらも、本を読んだ。地下鉄やエレベーターを待っているあいだも読み、病院や空港でも読んだ。振り返るとわたしはいつも忙しかったけれど、時間を見つけては本を読んでいた。わたしの読書の八割は「隙間時間の読書」だった。

世の中はわたしたちに、やりたいことを充分にやれるだけの時間を与えてはくれない。のんびり座って読書する自分の姿を具現化するのはどんなに難しいことか。仕事で忙しく、人間関係を維持するのに忙しく、人生を耐え忍ぶのに忙しいわたしたちにとって、読書はいつも後回しだ。それでも本が読みたいという気持ち、読まなければという気持ちは、そう簡単にしぼんだりはしない。幸い、わたしたちにも時間は与えられる。一〇分、三〇分という細切れの時間が。出勤前の一〇分、昼食後の一〇分、帰宅途中の三〇分、寝る前の三〇分。わたしたちにはそういう「一〇分」や「三〇分」しかないけれど、幸いなことに、そんな隙間時間でも読書は可能だ。

わたしは、髪を乾かしながらもよく本を読む。その短い時間でも、トルストイの『復活』を読んで物語の中にどっぷり入り込む。かつて自身が恋心を抱いていたマースロワが殺人の濡れ衣を着せられ法廷に立つ姿を目にするネフリュードフ。彼は、彼女をその状況に追い込んだのは自分自身であるとわかっているため、激しい心の葛藤に苦しむ。一七九ページで自身の卑劣さを自覚した彼が、たった三ページあとの一八二ページで贖罪《しょくざい》のため彼女との結婚を決意するまでの過程を、ドライヤーの熱風を浴びながら見守る。いつしか髪はすっかり乾き、わたしは本を閉じる。何時間後であれ、何日後であれ、次に本を開いたときも、その場面の感動はそっくりそのまま再現される。本を読むようになってから、わたしはそういう隙間時間の読書を楽しんできた。これからもそのつもりだ。

25

ゆっくり読む

「本はゆっくり読む。ゆっくり読んでいると、一年にほんの一度や二度でも、ふと陶然とした思いがふくらんでくることがある」

山村修『遅読のすすめ』

何年か前に読んだ短い旅行記で、旅人は、旅をする代わりに絵を眺めていた。イギリスのナショナル・ギャラリーが旅の唯一の目的地であるかのように毎日訪れ、ひたすら一点の絵画だけを眺めていたという。もともとは館内を数時間でさっと回る予定だったが、その絵にすっかり目を奪われてしまったのだ。すべての日程を取りやめ、旅行中ずっとその絵の近くをうろうろしていた旅人は、やがて帰途につく。

彼は絵を眺めていたけれど、実際には自分の中の「動揺」を見つめていたのだろう。わたしは、彼の足を止めさせた動揺がどんなものだったのかが気になった。もしかしたら彼自身も、動揺の理由を、動揺の中身を、まだはっきりと言語化できなかったのかもしれない、とも思った。あと何年か経って、あるいは、居ても立ってもいられずその絵を見るために再び旅に出て初めて、「自分があのとき、あの絵の前で足を止めた理由は……」と話せるようになるのかもしれない。

わたしは、自分の中の動揺を凝視していた旅人に、読書家の姿を見る。読書にもそういう「時間」が必要だ。読書中に自分の中で起こることを受け止めるための時間。自分の中に存在するとも思っていなかった感情が不意に飛び出してきて驚いたり、忘れていた感情がこみ上げてきて心揺さぶられたり、他人を理解しようとするつもりが自分自身を批評することになって戸惑ったり、なぜかこの世のすべてのものがつながっている気がしてワクワクしたりする、そんな時間。

本を読む人には、自分の内面に流れるかすかな響きを意識し理解する時間が求められるので、あの本、この本と慌ただしく手を伸ばす必要はない。目の前のページに長くとどまり、心ゆくまで吟味してもいい。この世に、本を速く読む方法を伝授する本が存在するのは知っている。「これからは本を読む生活をしよう」と決意し、どんどん読みたいと思うあまり、速読法を身につけようとする人がいることも知っている。けれど、本を読みながら意識すべきは世界と自分であって、「自分は今速く読んでいる」という事実だけを意識しても意味がない。わたしたちは、もっと速く読むために、ではなく、もっと多くのことを感じるために本を読むのだ。職業上読まなければならない人でない限り、本を速く読む理由などない。

ゆっくり読んでこそ見えるものがある。一文一文、丁寧にたどっていく者だけに本が与えてくれる贈り物。ありとあらゆる感性や思考の束が、伸びをするようにグーッと腕を伸ばしながら出てきて、わたしに話しかける。その言葉に誠心誠意答えていると、世の中に冷めていたわたしはすっかり消え去り、自分の中で起こる動揺にワクワクしているわたしだけが残る。本を閉じた瞬間、自分に対する理解度が一センチほど高まった気分。せっかちな読書ではけっして味わえない気分だ。

いくら速く読みたくても、どうしても速く読めない本もある。自分でも知らなかった自分の影の部分がわずか数文で見事に描き出されている本。長らく絡まっていた感情の糸をほどいてくれる本。駆け足でページをめくろうとすると、ついさっき読んだフレーズが心に引っかかり、後戻りしたくなる本。

フレデリック・グロの『Marcher, une philosophie』(日本語直訳『歩く、その哲学』)は、歩きたいという衝動を一日に何度も感じる人にぴったりの本だ。なぜしきりにここではないどこかへ行こうとするのか、なぜ毎回その手段として歩くことを選ぶのか、なぜ歩いたあとは生きているという実感が湧くのか、と不思議に思っている人なら、彼の、歩くことに関する思索の前でしばらく立ち止まることになるだろう。わたしも、思索する彼の言葉をゆっくりとたどりながら、夕方になると決まって散歩の準備をする自分の行動の理由を、じっくり考えてみた。

歩かねばならない。一人で行かねばならない。山に登り、森の中を行かねばならない。人はいない。ただ、丘や、青々とした木々の葉があるのみだ。歩く人は、もはや何らかの役割をする必要はなく、何らかの地位にもなく、何らかの人物ですらない。歩く人はただ、道の上に転がっている石ころの尖《とが》った角や、肌をかすめる背の高い草、ひんやりした風を感じる肉体に過ぎない。歩いているあいだ、世界にはもはや現在も未来もない。ただ、朝と夕が繰り返されるだけだ。ただ毎日同じことをすればいい。歩きさえすればいいのだ。

——『Marcher, une philosophie』

26 あなたの人生の本は？

本の紹介文を読んでいると、「この本はわたしの人生の本だ！」と高らかに宣言するコメントをよく見かける。人生の本、という表現に目が引きつけられる。この本のどういうところがその人の人生を揺さぶったのだろうかと、あらためてコメントをじっくり読んでみる。ほどなく、わたしにも人生の本がどっさりあることを思い出し、心の中に喜びが広がる。

わたしにも人生の本がある。「この本はわたしの人生の本だ！」と、本に印をつけてあるわけではないが、ときどき心の中で思い浮かべる本だ。わたしの人生の本は、大きく三つのグループに分かれる。一番目のグループには、どんなに時が流れても、変わらずわたしのそばにいてくれる本が属する。どう生きればいいのか、そっと教えてくれた本たち。ヘルマン・ヘッセの『デーミアン』や、サマセット・モームの『かみそりの刃』、ヘンリー・デイヴィッド・ソローの『ウォールデン　森の生活』、エーリッヒ・フロムの『自由からの逃走』といった本だ。

二番目のグループには、なぜわたしが本を読まずにはいられないのかを、存在そのもので教えてくれた本が入る。偉大だったり、魅力的だったり、最高に刺激的だったりする本たち。ニコス・カザンザキスの『グレコへの報告』や、ミュリエル・バルベリの『優雅なハリネズミ』、ビル・ブライソンの『人類が知っていることすべての短い歴史』、ジョン・ウィリアムズの『ストーナー』。誰かに好きな本はと聞かれたら、たいていこの二番目のグループの本を挙げる。

三番目のグループは、文字どおり、おもしろく読んだ本だ。読み終えた瞬間「これは最高の本だ」と思える本、誰彼構わず熱く語りたくなるほど興味深い話を投げかけてくれる本、人間の生を軽くぞんざいに扱わず、真剣に扱っている本。最近読んで良かった本には、ジョナサン・ワイナーの『フィンチの嘴《くちばし》：ガラパゴスで起きている種の変貌』や、チェ・ユンピルの『가만한 당신：뜨겁게 우리를 흔든, 가만한 서른다섯 명의 부고』（日本語直訳『静かなあなた：わたしたちを熱く揺さぶった、静かな三五人の訃報』）、スコット・ストッセルの『My Age of Anxiety: Fear, Hope, Dread, and the Search for Peace of Mind』（日本語直訳『わたしの不安の時代：恐れ、希望、恐怖、そして心の平穏の探求』）がある。

本の最後のページを閉じたときに「うわー、これは良い！」という手応えを感じると、本オタクの胸は熱くなり、心は騒がしくなる。「この本は何番目のグループに入れようか、二番目？　または三番目？　それとも一番目？」一番目のグループを久しぶりにアップデートするときの気分は、いったいどう説明すればいいだろう。人生にもう少し確信が持てるようになった気分、と言えば理解してもらえるだろうか？

本を読む人が、読まない人より揺らがないように見えるのは、読む人の心の中にある「人生の本」のおかげかもしれない。人生で途方に暮れたとき、わたしは本を思い浮かべる。誰かの言葉に振り回される代わりに、自分の中の「人生の本」コレクションを頭に浮かべ、心の中で読むのだ。以前わたしを支えてくれた本が、今回も支えてくれる。人生の本が増えていくほどに、生きていく力が生まれる。

読書がつまらなく感じられるなら、それは、的外れな本ばかり読んできたせいかもしれない。そばにある本が、楽しさも、意味も、ワクワクも与えてくれないものばかりなのかも。そういうときは、本を選ぶ基準を思い切って変えてみよう。まったく馴染《なじ》みのない分野の本にチャレンジしてみるのもいい。あるいは、身近にいる本オタクに推薦してもらうのも一つの手だ。多読家たちのあいだで長らく言及されている本なら、あなたにとっても良い本である可能性が高い。「人生の本」を発見した瞬間、つまらない読書は終わりを告げる。

イ・ファギョンの『사랑하고 쓰고 파괴하다 : 청춘을 매혹시킨 열 명의 여성 작가들』(日本語直訳『愛し、書き、破壊する：青春を魅惑した一〇人の女性作家たち』)もおもしろかった。女に生まれ、女として生きたがゆえに多くのことに耐えねばならなかった一〇人の作家を扱った本だ。スーザン・ソンタグ、ハンナ・アーレント、ローザ・ルクセンブルク、シモーヌ・ド・ボーヴォワール、インゲボルク・バッハマン、ヴァージニア・ウルフ、ジョルジュ・サンド、フランソワーズ・サガン、シルヴィア・プラス、ジェーン・オースティン。もはや名前そのも

のが一つの象徴になっている彼女たちの人生を掘り下げているという点でも意義深い。序文で「知性の毅然《きぜん》とした力」という表現を用い、読者をぐっと引きつける。

彼女たちにとって重要なのは、自身と世の中について正確に知ることであり、また、誰かの人生を代わりに生きる人生ではなく、堂々たる主体として生きる人生だった。彼女たちは、誰も自分の人生を代わりに生きてはくれないことを知っていたため、どこまでも自由な「人生の主人公」として生きようとした。時には「女に生まれたことはわたしのおぞましい悲劇だ」と慟哭《どうこく》したりもし、女性たちに暴力的に覆いかぶせられる「ガラスの天井」を壊すために命をかけたりもした。運命の重荷を甘んじて背負いながらも、隷属することはなかった。偏見や不合理、困難、苦しみの中でも、知性の毅然とした力を失わなかった。

迷うことなく人生の本の三番目のグループに入れた。

27

町の本屋さんで

「わたしたちは、必ず必要な本、葬式の翌日でも読める本を求める」

ローランス・コセ『Au Bon Roman』（日本語直訳『良い小説へ』）

ヨーロッパを旅行中の友人から写真が何枚か送られてきた。イタリアのボローニャで夕暮れの通りを散歩中に立ち寄った、町の本屋さんで撮ったものだという。カジュアルな服装の、白髪交じりの年配の人たちが輪になって座り、真剣な表情で読書会をしていた。写真を見ているだけで、まるで老後の準備を終えたような気分になった。夕食後、近所の本屋さんに行って本を読んだり誰かと語り合ったりできる生活なら、多くを持たずとも幸せだろうと思った。

友人から写真が送られてきた当時、韓国で町の本屋さんといえば、廃れた文化の崖っぷちにかろうじて存在しているような状態だった。もはや町でレコード店を見かけなくなったように、ちょっと歩けば本を買えた時代は永遠に過ぎ去ってしまったかに思えた。ところがここ数年、その流れを覆すような驚くべき変化が起こっている。個性あふれる本屋さんがあちこちにできているのだ。ネットにはグルメマップのように「町の本屋さんマップ」が登場し、ブロガーたちはこぞって町の本屋さんを紹介する。通りを歩いていて町の本屋さんを見かけることもたまにある。

いまや、本好きの人なら町の本屋さんの名前の一つや二つは知っている。地方には、旅の目的になるような本屋さんもいくつか存在する。そういう雰囲気に後押しされ、大手出版社は町の本屋さんでしか手に入らない特別版を企画し、名のある小説家は各地の本屋さんを回ってトークイベントやサイン会を開く。各書店は、地域住民に読書会のスペースを提供したり、独立映画を上映したり、ビールを飲みながら本を読むイベントを企画したりする。「深夜の本屋さん」というコンセプトで夜の文化をリードする書店もある。

町の本屋さんが再び人気を集めている理由は何だろうか？「金にならないことを知りつつも」なぜ店主たちは本屋さんを開いて客を待つのだろうか？「より大きい」「より多い」ことに意味があるとする風潮に幸せを感じられない人たちが、小規模文化や小さな共同体、幾人かの気の合う友人を求めるように、町の本屋さんを求めるのだろうか？画一的で資本と結びつきやすい文化ではなく、自分に合った、自分の生活に価値をもたらす文化が、町の本屋さんに存在するからだろうか？よくはわからないけれど、わたしが友人の写真に何らかの方向性を見いだしたように、人々も町の本屋さんに何かを見いだしているようだ。

数日前、外出したついでに、前々から行ってみたかった町の本屋さんを訪ねることにした。ソウルの地下鉄二号線の宣陵《ソンヌン》駅で降り、「チェ・イナ本屋」へと向かった。店は建物の四階に位置していた。本屋さんを開くだけでも相当な勇気が必要だったろうにこんな人目につきにくい場所に開くなんてと、店主の度胸に感心した。その日は柔らかなピアノの旋律が空間全体を包んでいて、人々はほぼ「無音」状態で動きながら本を見て回ったり読んだりしていた。わたしはまず陳列台に並んでいる本をじっくり見てみた。

町の本屋さんでは、とりわけ陳列方式に目がいく。オンライン書店や大型書店のように多くの本を取り揃《そろ》えることはできないため、本の選定や陳列方式に店の個性が表れる。店主の眼識や好みを感じられるのが、まさにそこだ。いまや束草《ソクチョ》（韓国北東部の江原道（カンウォンド）に位置する市）の名物となった東亜《トンア》書店の三代目店主キム・ヨンゴンは著書『당신에게 말을 건다：속초 동아 서점 이야기』（日本語直訳『あなたに語りかける：束草 東亜書店の物語』）で、本を陳列するのはたやすいことではないと言う。苦労して選書しても、それにお客さんが応えてくれるかまったくわからないからだ。

ベストセラーだけを紹介し、よく売れそうな本だけを陳列していたら埋もれてしまうかもしれない本。そうやって埋もれてしまうには惜しい本。そういう本をどうやって紹介すればお客さんに応えてもらえるだろうか？

人々が買いにくる本ではなく、人々が知らなかった本を紹介するような陳列が、良い陳列なのだろう。埋もれてしまうには惜しいのに結局は埋もれてしまう本がこの世にはあまりにも多いので、良い書店員というのは、そういう本をせっせと探し出して紹介する人ではないかと思う。けれど陳列は、本を紹介して終わりではなく、客が応えて初めて完成するものだ。キム・ヨンゴンは「何気ない陳列ひとつに、時に胸が痛くなるほど切実な思いで取り組む理由」として、「一冊の本を通してわたしはあなたに語りかけている」からだと言う。本屋さんが語りかけてきたとき、わたしたちはどのように応えられるだろうか。

わたしは、チェ・イナ本屋が客に語りかけるスタイルが気に入った。店主チェ・イナと彼女の知人たちの薦める本が壁面の一部を埋めていて、それらには「この本をあなたに薦める理由」が記された手書きのメモが挟んであった。本を取り出してメモを読んでみた。いつものように序文と本文の一部も読んでみた。その本が気に入ったので、応えることにした。そのことが、この優雅な書店の存続に少しでも役立つようにと願いながら。

28

次に読む本は

今年初めて訪れたソウル国際ブックフェアは、まるで古い町の、活気を取り戻した路地のように、にぎわっていた。広大な展示場は出版社のブースや来場客でぎっしり埋まり、さまざまなイベントも開かれていた。二時間ほど、各出版社のブースに誇らしげに展示されている本を見て回った。いつしか、約束していた五時。期待を胸に、読書クリニックのブースへと向かった。

講演だと思って申し込んだのに、参加者の一人に選ばれて初めて、実はマンツーマンの「読書処方」だということを知り、どうしようかと若干迷ったイベントだった。読書がテーマの本を書いている人間が、読書処方を受けてもいいのだろうかと。でも、悩んだのも束《つか》の間。「別にいいじゃない。良い機会になるよ、きっと」。自分の中のポジティブな声に従って、この日が来るのを楽しみに待っていた。

ちょうど三三分間、（相手はどうかわからないけれど）楽しく話をした。「次世代書評家」と呼ばれるクム・ジョンヨンは、自身のハイレベルな読書攻略を自在に活用し、どこに飛んでいくかわからないわたしの話をばっちり受け止めてくれた。いったい今までに何冊の本を読んだのだろうと思えるほど、たくさんの本や作家を知っていた。わたしは、初めて耳にする作家の名前を頭にしっかり刻んでおいた。

彼はわたしに、好きな作家はいるかと尋ねた。さっそく、思いつくままに答えた。彼はその中からジュリアン・バーンズの名前をメモ帳に書きつけた。意味ありげな行動だったので、わたしは彼の手元を注意深く見守った。彼は、ジュリアン・バーンズの名前の横に「フローベールの鸚鵡《おうむ》」と書いた。バーンズの書いた小説のタイトルだ。フランスの小説家ギュスターヴ・フローベールについての小説形式をとった評伝とも言える作品。彼は微笑《ほほえ》みを浮かべて聞いた。

「ギュスターヴ・フローベールはご存じですか?」

わたしは「はい」と答え、うなずいた。

「『ボヴァリー夫人』はお読みになりましたか?」

再び「はい」と答え、うなずいた。『ボヴァリー夫人』はフローベールの代表作だ。わたしの返事を聞いて書評家もうなずくと、メモ帳に四角形を四つ書いた。そしてそれらを直線でつないだ。彼が何を言おうとしているのか、わかるような気がした。実際に書きはしなかったけれど、それぞれの四角の中には、ジュリアン・バーンズ、フローベールの鸚鵡、ギュスターヴ・フローベール、ボヴァリー夫人、が入るのだ。彼は、本を読む方法を教えてくれようとしていた。本同士のつながりを意識すれば、より深みのある読書ができる、と。
本は、独立した完成品であると同時に、ほかとつながった完成品でもある。ジュリアン・バーンズの『フローベールの鸚鵡』はそれ自体で完成しているが、同時に、ギュスターヴ・フローベールとも非常に強いつながりがある。その「つながり」を意識しながら、ジュリアン・バーンズとギュスターヴ・フローベールの小説を一緒に読んでみること。『フローベールの鸚鵡』を読んだなら『ボヴァリー夫人』も読んでみること。そうやって本と本をつなげる読書をすることで知的刺激の持続する読書が可能になると、書評家は言っているのだった。エッセイ集『실패를 모르는 멋진 문장들 : 원고지를 앞에 둔 당신에게』(日本語直訳『失敗を知らない素敵な文章たち：原稿用紙を前にしたあなたへ』)で、彼は、つながりについてこう表現している。

これまでにわたしは三冊の本を自分一人で書いた、という言葉は嘘だ。わたしはどんな本も自分一人では書いていない。わたしが読み、引用したすべての本の著者たちがそうであったように。

作家たちは、過去に出版された数多くの本から影響を受け、現在の本を書く。一人で書いていても実際には一人で書いているのではない、ということだ。時空間を超え、手に手を携えて文章を綴っていく作家たち。作家たちのその手に注目すれば、より広い視野で読書にアプローチすることができるだろう。

本を一冊読み終えて、次は何を読めばいいかわからないときは、「なぜこの本を良いと思ったんだろう?」と一度考えてみるのだ。そして、その「なぜ」をたどっていき、目には見えない本のつながりを頭の中に描いてみる。著者の思想が気に入ったのなら、その思想に影響を及ぼした作家は誰なのかを調べてみる。テーマが良いと思ったのなら、同じテーマのほかの本を検索してみる。引用句が特に印象的だったなら、引用された本を読んでみる。クモの巣のように緻密に張り巡らされた「読書の網」から、簡単には抜け出せなくなるはずだ。

29

喜びと不安のはざまで本を読む

「読む人とは、すべての関心と欲望を知恵に集中させるためみずから亡命者になった者であり、そんなふうに知恵は、その人の待ち望んでいた故郷になる」

イヴァン・イリイチ『テクストのぶどう畑で』

コンピューター工学という専攻を生かして就職した会社で、携帯電話のソフトウェア研究員として働いていた。新入社員教育を受けるころになっても、自分がその会社でどんな仕事をすることになるのか、よくわかっていなかった。蓋を開けてみると、仕事内容は実にシンプルだった。会社から提供された机の前に座り、会社から提供されたノートパソコンのキーボードに手を置いて、朝から夕方まで、白い画面にプログラム言語を入力すればいいのだ。

たまに出張にいくこともあったけれど、ほとんどは、決められた席にずっと座って頭を絞っていた。頭がよく回る日には携帯電話の性能が少し向上した。朝出勤して「今日は何をしようか」と悩んだことはほとんどない。悩まなくても仕事は勝手に湧いてきて、それを一つ、二つと処理していけば通帳にお金が貯《た》まっていった。

今は、専攻とはまったく関係のない仕事を、自分の好きなようにやっている。誰もわたしに文章を書けと指示するわけではないし、誰もわたしの文章に期待などしていないけれど、毎日、書くことを考えながら暮らしている。大学生のとき両親に買ってもらった机の前に座り、自分で購入したノートパソコンのキーボードに手を置いて、やはり頭を絞りながら、白い画面をハングルで埋めていく。

たまに旅行にいくこともあるけれど、ほとんどは、机とベッド、本棚のある自分の部屋で、おもに本を読んだり文章を書いたりしている。朝目が覚めると反射的に「今日は何を書こうか」と悩み、思うように書けなかった日には、憂鬱な気持ちと自責の念に苦しみながら眠りにつく。自分で生み出さない限り仕事はほとんどなく、仕事をしても通帳にお金は貯まっていかない。それでも、今の生活のほうが満足感がある。自分の望んだ生活だからだろう。

以前の生活と今の生活はいろいろな面で異なっている。同じなのは、机とノートパソコンを必要とし、言語を扱う、という点くらいで、仕事をする環境や生活パターン、社会での位置、通帳の残高、言葉を発する頻度など、以前と同じことはほとんどない。たまに、自分でも別人になったようだと感じるほど、わたしの生活スタイルはここ数年でガラリと変わった。

会社を辞めると告げたとき、みんなはこう言った。「よくそんな勇気が出せたね」。わたしはこう返した。「特に勇気を出したわけじゃない。ただ自然とこうなっただけ」。わたしにとって退職はごく自然な流れだったけれど、それでも悩みはあった。何に悩んでいるのかよくわからないまま悩んでいたので、みんなに打ち明けることができなかっただけだ。

『生きるということ』（エーリッヒ・フロム著）を読んで、それまで自分は「所有」と「存在」という二種類の生き方のはざまで揺れていたのだとわかった。この本でエーリッヒ・フロムは、所有的な実存様式をもつ「わたし」と存在的な実存様式をもつ「わたし」を区別している。

もし、わたしの所有するものがすなわちわたしの存在であるなら、所有しているものを失った場合、わたしはどういう存在になるのか？　敗北し挫折した、ただの憐《あわ》れな人間、誤った生活様式の生き証人ということになるのだろう。所有しているものとはつまり失う可能性のあるものなので、わたしは必然的に、自分の所有しているものを失うのではないかと常に気を揉《も》むことになる。泥棒に怯《おび》え、経済の変動を、革命を、病気を、死を恐れるだけでなく、愛する行為にも不安を覚え、自由や成長、変化、未知のものに恐れを抱く。そうしてわたしは、身体的な病気のみならず、自身に起こり得るあらゆる損失への不安に絶えず苛《さいな》まれ慢性的なうつ病に苦しむようになる。（……）所有しているものを失うリスクからくる不安や心配は、存在的な実存様式にはない。もし、存在している自我こそがわたしであり、所有しているものがわたしでないのなら、誰もわたしを奪っていったり、わたしの安定や主体的感覚を脅かしたりはできないはずだ。わたしの中心はわたし自身の内部にあり、自身の固有の力を存在そのもので表現する能力は、性格構造の一部としてわたし自身にかかっている。

もちろん、所有だけがあって存在のない人生、あるいは、所有はなく存在だけがある人生はごく稀だ。わたしも、その二つの実存様式のあいだを行き来しながら生きている。昼には、「存在」する人生に近づいたことに喜び、夜には、「所有」するものが減ったことを不安に思う。この先の人生もそう変わらないだろう。ただ、こう想像してみるだけだ。喜びと不安のあいだを行ったり来たりするなかでひときわ喜びの大きい日があれば、最高に幸せなのではないだろうか、と。

30

映画と小説

小説家チョン・ユジョンをインタビューしたことがある（わたしの人生初のインタビューだった）。『種の起源』が韓国で刊行されたばかりだった。インタビューを機に、彼女の小説を全部読んでみることにした。なぜ彼女の小説がとりわけ大きな人気を集めているのか、すぐにわかった。登場人物たちの動きが幻影のように目の前に現れるからだろう。いわゆる「映画のような」小説なので、彼女の構築した小説の世界にすんなり入っていくことができた。

インタビューの最中、『七年の夜』が映画化されるという話を聞いた。一読者であるわたしですら、読みながら各登場人物に合う俳優を思い描いてみるほどだったので、映画界で働く人たちはさぞかし、頭の中におのずと浮かぶイメージを映像で再現したいと思ったことだろう。映画化の話が出たついでに『種の起源』のユジン役に合いそうな俳優の名を著者に伝えてみた（「ユ・アインがぴったりだと思いませんか？」）。ユジン役を演じるには、その顔に、善も悪も、弱さも残忍さもすべて感じられる俳優でなければならない。冷ややかな狂気も。

印象深く読んだ小説が映画化されたと聞くと、遅まきながらでも観るようにしている。小説の中の人物や事件、背景が、スクリーンでいかに見事に具現化されているか、大いに期待しながら。ストーリーもストーリーだが、小説と映画を見比べる際にわたしがもっとも注目するのは、人物だ。果たして、わたしの頭の中の登場人物と、俳優の演じる人物は、どれほど同じで、どれほど違っているだろうか。監督は、人物の性格のうち、どの部分を際立たせ、どの部分を切り捨てただろうか。

たまに、映画を観たあとに原作小説を読むこともある。特に、映画の中で個性的で魅力的な人物に出会うと、彼らの容姿や性格が小説ではどのように表現されているのか、気になって我慢できなくなる。今年、映画を観たあとに読んだ小説に、コルム・トビーンの『ブルックリン』と、オースティン・ライトの『ミステリ原稿』がある。それぞれ、映画「ブルックリン」と「ノクターナル・アニマルズ」の原作だ。

映画「ブルックリン」を観てエモリー・コーエン演じるトニーに魅了された人は、一人や二人ではないはずだ。あんなにも愛すべき男性キャラクターがかつて存在しただろうか。天真爛《らん》漫《まん》でありながら洗練されていて、言葉や行動に過不足がなく、どんな場所でも自然に振る舞える人物。わたしは何より、トニーの「適切さ」がとても好きだったのだが、小説でも彼を「適切」という言葉で表現しているのを見て（「適切でない言葉は一言も発しないトニー」）、エモリー・コーエンの演技がいかに優れているかを実感した。以下は、小説でアイリーシュがトニーのことを表現した文章だ。映画を観た人なら、トニーの顔に常に浮かんでいた「喜び」が実際にどんな表情なのか、よくわかるだろう。

そこに立っている彼には、何か途方に暮れている感じがあった。幸せな未来への意欲あるいは情熱が、不思議と彼を無防備な状態にしていた。彼を見下ろしながら頭に浮かんだ言葉は「喜び」だった。彼はアイリーシュを見て喜ぶように、万事に喜んだ。そして、その事実を表現することが、彼のとる唯一の行動だった。

映画「ノクターナル・アニマルズ」は、無名の小説家だったエドワードが、自分を捨てた前妻スーザンに復讐《ふくしゅう》する話だ。原作小説を読む前は、映画の中の小説『ノクターナル・アニマルズ』の主人公トニー（奇遇にも「ブルックリン」のトニーと同じ名前だ）の凄絶な状況が原作ではどう描かれているのかが気になっていたのだが、いざ原作を読んでみると、それよりも、スーザンとエドワードの関係の設定のほうがおもしろいと感じた。原作で、二人はあくまでも「読者と作家」という立場で対峙《たいじ》していたため、エドワードの復讐が成功したというのはつまり、作家エドワードが読者スーザンの心をつかんだという意味だ。スーザンは前夫エドワードから送られてきた小説『ノクターナル・アニマルズ』を読みながら、物語から受けた印象を現実に引き寄せて物思いにふけっていた。彼女のその姿はまるで、本を読んでいるときのわたしたちの姿のようだった。

読書とは、潮流をかき分けて泳いでいく水泳選手のようだ。昼間のスーザンの心は陸上で呼吸する動物だが、読書をするときはその動物が海の中に沈み、イルカや潜水艦、魚に変化する。彼女が泳いでいるとき、歯の小さいサメのようなものにガブリと嚙みつかれた。彼女はそれを、自身が目で確認できる水の上へと引き上げる必要があった。

――『ミステリ原稿』

31

本について友人とおしゃべり

「人の書いた本を読むことに時間を使いなさい。人が苦労したことを通してみずからをたやすく改善できる」

ソクラテス

韓国の有料テレビチャンネル「tvN」の「知っておいても役に立たない神秘的な雑学辞典」（略して「知役神雑」）をおもしろく観た。五人の知的な男性が繰り広げる「知識の饗宴《きょうえん》」の虜《とりこ》になった人は多いことだろう。数日前に会った友人も、この番組のおかげで自分がいかに無知なのかわかったと、クスクス笑っていた（わたしも一緒になってクスクス笑った）。番組のレビュー記事への書き込みにも、友人と同じような感想が多かった。「知役神雑」はわたしの無知さに警鐘を鳴らしにきてくれた救世主だ、とかなんとか。

わたしも「知役神雑」を観ながら、彼らの博識ぶりや批判意識、柔軟な態度に好感を抱いたが、それより何より「ああいう場こそ、本についておしゃべりするのにぴったりの環境だな」とうれしくなった。気軽に本の話ができる人同士あれこれおしゃべりしたり、本の中の文章を紹介し合ったりしながら、一杯のお酒を楽しむ場。「知役神雑」は、自分の日常にもそういう時間があればと常々願っている「本オタク」の心まで刺激した。

本を読む人たちに早くから囲まれていた人は、読書が長続きしやすい。「同じ本を読んだ人と交流すれば本を読む喜びは二倍になる」という言葉があるように、互いに知的刺激を与え合えば読書の楽しさが倍増するからだ。だが、わたしたちはそういう環境にないことが多い。逆に、本の話をすると場の雰囲気を白けさせてしまう。そのため、人に知られないようひっそりと読書を楽しむ人もいる。友人たちと一緒にいるときも、自分が本を読んでいることはおくびにも出さない。読書家たちのエッセイの中には、学生時代、本を読んでいて親に叩《たた》かれたというエピソードまである。

あなたもそういう息苦しい環境にあるのだろうか。もしそうなら、手は一つ。自分で環境を整えていくしかない。本を読むときに、親しい友人もさり気なく引っ張り込むのだ。たとえば、一緒に書店に行き、友人と自分の共通の関心事について書かれた本を買ってみる。そしてカフェに入り、◯日までに読もう、と約束するのだ。コーヒー一杯を賭けて。読み終わるまで本の話をしてはいけない、ということではない。読んでいる途中で、いつでも相手に話を投げかけてみればいい。こんなふうに。

「わたし、五六ページあたりの内容が自分の状況にぴったり当てはまってて、いいなと思った。あなたはどう？」

「ん？　わたしもそこ読んだけど、全然記憶に残ってないな。どんな内容だった？」

本について友人とおしゃべりしていると、一つ気づくことがある。わたしたちは本を読み終えると、まるで読書感想文のように全体のあらすじや中心テーマを要約することに集中しがちだが、実は、各ページに何気なく潜むちょっとしたアイデアや考えに意味を見いだし、それを自分の人生に取り込む作業も大事だという点だ。そうやって見いだした意味を友人と共有すれば、わたしたちの読書体験は思ってもみないほど豊かになる。わたしが見逃していた五六ページの話が友人を通してわたしに届き、その話にわたしが見いだした意味が今度は友人に届けられる、その過程すべてが読書体験なのだから。

実はわたし自身がやっていたことだ。環境を整えようと、せっせとがんばった。身近な人たちに本をプレゼントしてみたり、友人に役立ちそうな本だと思ったら、読まずにはいられなくなるくらい強力に薦めたりもした。トルストイの『アンナ・カレーニナ』を読むときは、友人二人に「一緒に読んでくれる？」と頼んで一緒に読んだ。数年にわたるそうした努力が実を結び、身近な人たちと気軽に本の話ができるようになった。

最近もまた友人たちに、一緒に本を読もうと提案した。友人たちも読書に飢えていたのか、快く応じてくれた。子育てに、残業にとそれぞれ忙しいので、三カ月に一冊のペースで読むことにした。人間関係の中に本を持ち込むと、本を介してかなり踏み込んだ話もするようになり、互いの関係も成長する。いつもとは違う話をするので、おしゃべりの楽しさも膨らむ。

『책에 미친 바보：조선의 독서광・이덕무・산문선』（日本語直訳『本に狂った馬鹿：朝鮮の読書狂・李徳懋《イドンム》・散文選』）は、朝鮮時代後期の実学者で「本の虫」だった李徳懋の散文を編んだ作品だ。彼は「友と共に読む楽しさ」は「一人で読む楽しさ」を上回ると述べている。本は一人で読んでもいいけれど、気の合う仲間と一緒に読むのも実にいいものだ。

心にかなう時期に、心にかなう友と会い、心にかなう言葉を交わしつつ、心にかなう詩文を読むこと。これこそが最上の楽しみだ。だが、そういう無上の楽しみは、なぜめったにないのか。

32 複数の本を並行して読む

先日会った知人はこんなことを言っていた。

「わたしは一度に一冊の本しか読めない。並行して何冊か読むと、なんとなく一冊一冊に忠実に向き合えない気がして」

知人は本と一途な恋愛をするタイプだ。一冊の本を読んでいる途中で別の本も並行して読むと、なぜか道徳に反する行為をしているようで後ろめたくなる人。知人のように一途な恋愛をする人は、一冊の本を最後のページまで読まないと、新たな気持ち、新たな気分で次の本を読みはじめることができないと信じている。どこからくるものかわからないが、その信念はなかなか強固だ。

知人の話を聞いてわたしは、まるで秘密を打ち明けるように自分の読書スタイルについて慎重に切り出した。わたしは本と自由奔放な恋愛を楽しむタイプで、今も五冊以上の本を読んでいると。知人はひどく驚いたように聞いてきた。「そんなこと、できるの？」答えは簡単だ。「うん、それがわたしのスタイルだから」

わたしにも一途だった時代があるにはある。当たり前のように、一度に一冊の本だけを読んでいた時代が。けれど複数の本に目がいくようになったあの日以降、もう後戻りできないほど、新たな恋愛スタイルにどっぷりハマってしまったのだ。もはやわたしにとって重要なのは、一途か一途でないか、ではなく、何冊の本を並行して読むか、になった。冊数を増やしすぎると収拾がつかなくなるし、少なすぎるとなんだか物足りない。

あらためて考えてみると、多いときは六冊か七冊、たいていは三冊から五冊の本を並行して読んでいる。気が散りやすいタイプに見えるのは避けられないが、それでも、この読書法には欠点が一つしかない。脱落する本がたまに出てくるという点だ。読んでいたという事実をすっかり忘れて何カ月も放置している本が、必ず出てくる。本棚を眺めていて、不自然に膨らんでいる本があるので取り出してみると、鉛筆がしおりのように挟まっている。この本はどうして脱落したのだろうと考えてみても、原因がわからないケースがほとんどだ。その本がおもしろいかどうかとは関係なく、たまたまそうなっただけだ。あらためて読んでみると、「たまたま」そうなったことがより明白になる。その本を初めて開いたときのワクワク感や、読んでいるときに感じていたおもしろさが、ありありとよみがえってくるからだ。

四八ページに鉛筆が挟まっていた『Yoga for People Who Can't be Bothered to Do it』（日本語直訳『ヨガをするのが面倒な人のためのヨガ』、ジェフ・ダイヤー著）もそうだ。「廃墟《はいきょ》を歩いて慰めを得る」という〔韓国語版の〕サブタイトルが気になって読みはじめた本。おしゃれで健康的な旅行記ではなく、率直でデリケートな旅行記を求めていたわたしは、この本が一ページ目から気に入った。中年の著者は自己嫌悪に陥っており、彼の廃墟旅行には、遠からず自身に訪れる未来を予行練習するという意味が込められていた。

わたしは知っていた。若いころの知的訓練や野望が、軽率な薬物乱用や倦怠感《けんたいかん》、そして失望感のせいですっかり砕け散ってしまったこと。自分には目的も方向性もなく、自分の望むものは何なのかを考えることも二〇～三〇代のころに比べてうんと減ったこと。自分自身が急速に廃墟になりつつあること。そして、それらすべてを自分はどうでもいいと思っているということを、

もしも今、なかなかページが進まない一冊の本と格闘しているのなら、あるいは、義務感からほかの本には手を伸ばせずにいるのなら、思い切って、そばにあるその本もそっと開いてみてはどうだろう？　大丈夫。そもそも、決められた読書法なんてないのだから。

33

黙読と音読

「本は人生を、わたしの人生を、鏡のように映す」
ニナ・サンコビッチ『Tolstoy and the Purple Chair: My Year of Magical Reading』
(日本語直訳『トルストイと紫の椅子：わたしの魔法のような読書の一年』)

その他のことはまったく重要ではないというように、静かに本の中に潜り込んでいる人。その姿が美しく具現化されている小説が、サマセット・モームの『かみそりの刃』だ。語り手である「わたし」はある日、「ラリー」という青年が図書室に座って本を読んでいる姿を目にする。朝早くから始まったラリーの読書は終わる気配がなく、「わたし」が図書室を後にする午後遅くまで続く。どうしても気になって夕方再び図書室を訪れた「わたし」は、依然として同じ席で本を読んでいるラリーを目撃する。「わたし」はラリーの姿に「実に驚くべき集中力」を見る。もしもラリーが実在の人物で、彼の姿を、キリスト教の歴史上もっとも偉大な思想家とされるアウグスティヌス（三五四〜四三〇年）が目にしたら、どんな反応をしただろうか？「わたし」と同じくラリーの集中力を称賛したかもしれないが、もっと興味を示したのは別のところではないだろうか。ずばり、ラリーが黙読をしていたという点だ。アウグスティヌスは、ラリーが本を読む際に声を出さないことを不思議に思い、一日じゅう図書室を出たり入ったりしながらその様子を見守ったかもしれない。

本を読むとき、彼の二つの目は穴が開くほどページを見つめ、その胸は意味を探求していたが、彼の声は聞こえてこず、舌も動いていなかった。（……）そのため、彼のもとを訪れるたび、そんなふうに沈黙のなか読書にふけっている彼の姿を目にした。彼はけっして大きな声を出して文章を読まなかった。

『告白録』でアウグスティヌスが、黙読している人物を描写した場面だ。文章を読むようになって以来、人類は長らく音読をしていた。部屋の中で一人で読むときも、リビングで友人たちと読むときも、川辺の岩に腰掛けて読むときも、図書館で読むときも、声を出して読んでいた。なかには黙読する人もいただろうが、アルベルト・マングェルの『読書の歴史：あるいは読者の歴史』によると、アウグスティヌスの『告白録』が、黙読について明確に記録された最初の事例だという。

黙読は、一〇世紀以降に広く定着しはじめた。読書家たちは家の中のこぢんまりした空間にこもってひそかに本を読みながら、黙読の利点を発見した。音読をすると思考が散漫になりがちなのに比べ、黙読は思考を一点に集中させるのに適していた。一九世紀の思想家ラルフ・ワルド・エマーソンは、黙読をこのように称賛している。「本との意思疎通は、唇と舌先ではなく、紅潮した頬と高鳴る胸によってなされるものだ」

いまやわたしたちはラリーのように、当然のごとく黙読をする。学校で教科書を読むよう先生に当てられたり、書店の朗読会で自分のパートを読んだりするのでない限り、音読をすることはめったにない。ならば、音読より黙読のほうが、本を読む方法として確実に優れていると言えるのだろうか？　そうではないようだ。状況によって、人によって、より適した方法があるように思える。自然科学者チェ・ジェチョンは本を読むとき、声優のように声に出して読むという。そのためかなりゆっくり読むことになるが、それでこそ、より長く記憶に残るのだと。

わたしはおもに黙読をするが、たまに音読もする。『読書の歴史』には、音読をすると思考が散漫になると書いてあるが、わたしは逆に、思考を集中させるために音読をする。大きな声で読むのではなく、唇を小さく動かしながら、文字を一つひとつ声に出してゆっくり追っていく。声は出さず唇だけを動かすこともある。おもに、集中できないときに試す方法だ。そうやって何ページか読んでいると、外に向かっていた注意が目の前の文章に集まってくる。ある程度没入できたと感じたら、黙読に切り替える。

読書会が増えているのと同様に、最近は朗読会もあちこちで開かれている。声を出す行為に利点を感じる人たちがいるということだ。昔の人たちと違い、わたしたちは、本を読む方法には黙読も音読もあることを知っている。どちらか一つだけに固執する必要はない。

34

「共感」の読書

小説『La première chose qu'on regarde』(日本語直訳『わたしたちが最初に見るもの』、グレゴワール・ドラクール著)は、ロマンチックコメディー映画「ノッティングヒルの恋人」と冒頭が似ている。ライアン・ゴズリング似の若くてハンサムな自動車整備士アルチュールと、世界的な映画俳優スカーレット・ヨハンソンとの、身分を超えためくるめく恋が今にも始まるかに思える。だがしかし、この小説を書いたのはグレゴワール・ドラクール。甘いラブストーリーを書くはずがない。どんでん返しを期待しながら読み進めた結果、徐々に明らかになってきたこの本のテーマは「愛における本質とは何か」だった。

ある意味、現代における最強の武器と言える「抜群の美貌」を持って生まれた男と女がいる。彼らが向かい合ったとき、二人の目には何が映るのだろうか? つまり、美しすぎる男女がもし恋に落ちたら、彼らは互いの中に何を見いだすのだろうか? もっと正確に言えば、たとえ外見は美しくても内面は傷だらけだとしたら、彼らは、相手が自分の中に何を見いだすことを望むのだろうか？　この小説は、それは「傷」だと言う。愛の本質は、相手の傷に深く共感するところにある、と。女が男に自分の傷を打ち明けると、男は女をぐっと抱き寄せる。

彼は心から悲しかった。（……）彼女が感じたはずのその苦しみ、その暴力に対して何が言えるだろう。彼にできる唯一のこと、自分の気持ちを表現できる唯一の行為はまさに、彼女を抱きしめてあげることだった。心を込めて。

グレゴワール・ドラクールのまた別の小説『On ne voyait que le bonheur』（日本語直訳『わたしたちは幸せしか見ていなかった』）で、語り手である「わたし」は、幸せの絶頂にあったその日、娘に銃口を向け、あごを撃ち抜いてしまう。続いて息子にも発砲しようとしたとき、死んだと思っていた、死ぬはずだった娘が目を開ける。血まみれの娘を見て「わたし」は息子に、早く救急車を呼べと叫ぶ。「わたしは娘に恐ろしい真似《まね》をし、幼い息子にも恐ろしい真似をしようとした父親だった」。彼がそのような行動をとった理由は、二人の子どもが幸せな記憶と共にこの世を去ることを願ったからだ。子どもたちを愛するあまり、その子どもたちを殺そうとしたのだ。

とんでもないことをしでかした父親のことを、読者は理解することができるだろうか？　理解するように、なる。彼の娘がのちに「クソのような事件」と表現した、その日の彼の行動を擁護することはできないが、彼がなぜそんなことをしたのかは、理解するようになる。娘を殺そうとした男の手をぎゅっと握ってやりたくなるほど、小説の中で淡々と描かれている悲しみや孤独、傷を通して彼に共感するようになるのだ。ページをめくるたびに、涙で綴られたようなこういう文章を目にすれば。

果たして（卑怯《ひきょう》さは）どこからくるものだろうか？　母親の自殺や父親の不在、あるいはわたしを叩いたり、わたしに嘘をついたりする大人、といったものを持ち出すまでもない。必ずしも悲劇や、血を見るような暴力を経験する必要もない。ただ、下校途中に先生に言われた気分の悪い一言や、愛情のこもっていない母親の口づけ、誰もわたしを見て微笑んでくれないという事実だけで充分だ。わたしを愛してくれない誰かの存在さえあればいいのだ。

わたしたちは「共感される」ために本を読む。『La première chose qu'on regarde』の中で、愛し合う美しい恋人同士が望んでいたもの——愛する人に、内面に傷を抱える一人の人間として見てもらうこと——は、わたしたちが愛する人に望むことでもある。それゆえ、男が女を抱き寄せたというくだりで、わたしたちは自分自身が共感してもらえた気分になるのだ。

わたしたちは「共感する」ためにも本を読む。共感するとはどういう意味だろうか？　誰かに気持ちを察してもらうのが「共感される」ことなら、誰かの気持ちを察するのが「共感する」ことだ。自分とは似ても似つかぬ人間――娘を銃で撃ち殺そうとした恐ろしい人間だが、傷を抱えているという点では自分と変わらない個別の存在――の気持ちを、たとえ同様の経験がなくとも察するようになったとき、わたしたちはその人に共感したと感じるのだ。

生きていくうえでは、共感されることも、することも必要だ。誰かに気持ちを察してもらい、誰かの気持ちを察する経験。人間の普遍性を感じると同時に、人間の個別性を受け入れる経験。誰かに共感されるほどに自分自身を肯定するようになり、誰かに共感するほどに他人を肯定するようになる。他人を理解するための手がかりが、巡り巡って自分自身を理解する根拠として提示されたとき、わたしたちは、人間はみなつながっていることを知る。優れた本は、わたしたちの共感能力を増幅させ、すべての人間をつなぐ。

35

成功か失敗かの二分法から抜け出す読書

「本の虫たちはたいてい、一冊またはそれ以上の本を読むことで旅行をしてきたものと考える」

詹宏志『旅行与读书』（日本語直訳『旅行と読書』）

自分自身を客観的に見たいときは、楽しい想像をしてみる。自分を小説の登場人物として描いてみるのだ。ある状況を設定してその中に自分を置いてみると、わたしという人間をじっくり観察することができる。小説に登場するとしたら、わたしはどんな人物だろう？　主人公になるには地味すぎる人生だから、周辺人物くらいかな。とはいっても、主人公の周りで何か事を起こすような人物ではないはず。さしずめ、ズケズケとものを言ってみんなをイラつかせる人物とか？

小説の登場人物を把握するように自然と距離を置いて見るので、自分自身に関する客観的な情報を収集することができる。わたしは『人生の半ば』（ルイーゼ・リンザー著）の主人公ニーナにはなれっこない、せいぜい、彼女に憧れる同級生くらいかな。じゃあ、ニーナとわたしって、どういうところが違うんだろう？　ニーナが体当たりで人生を鮮烈に生き抜いた人間だとしたら、わたしは「鮮烈さ」とは無縁だった自分の人生をあとになって悔やむ人間なんだろうな。

じゃあ小説家は？　一読者であるわたしでもこんな想像をするくらいなのに、小説家はどうなんだろう？　ひょっとしたら小説家も、どういう形であれ、自分の書いた物語に関わりたいと思っているんじゃないのかな？　自分と同名の人物を小説に登場させる作家がいるくらいだから、作家たちだって、物語をつくることだけに意味を見いだしているわけじゃなさそうだけど。その疑問を解いてくれたのは、小説家キム・ヨンスだ。彼は著書『소설가의 일』（日本語直訳『小説家の仕事』）で、小説の中の物語に影響を受けるにとどまらず人生の姿勢まで改める小説家が実際にいる、と述べている。まさに自分自身だと。

キム・ヨンスが言うには、小説の中の物語は「自分にないものを手に入れようと闘うたびに」生まれる。すでにすべてを手に入れた人物が小説に登場しないのはそのためだ。その人物の闘う姿――キム・ヨンス式に言うと「無駄な苦労」をする姿――を見るためにわたしたちは小説を読むとも言える。ところで、この「無駄な苦労」が物語にふさわしい壮大なものになるには一つの条件が必要だ。その人物が「より多くのものを、よりすごいものを」望むこと。まさにこの地点で、キム・ヨンスはこう悟った。

とにかく結末は、ハッピーエンディングでなければサッドエンディングだ。望むものを手に入れても、入れられなくても、それがハッピーエンディングであれ、サッドエンディングであれ、エンディングが来れば物語は完成する。物語は、登場人物が望むものを手に入れようが入れまいが、そんなことはお構いなしだ。人生も物語だとすれば、同じことが言えるだろう。この人生は、わたしの成功や失敗には関心がない。その代わり、わたしがどれほどすごいことを望んだのか、それによってどれだけ自分の人生を鮮烈に感じ、また何を学んだのか、その結果、どんな物語が生まれたのか――そういう問いだけが重要なのだろう。

わたしはこの文章を何度も読み返した。すばらしい解釈だ。どのみち人生は一度の挑戦に過ぎない。死ぬまでにどんな挑戦をしたのかが人生を決定づける。北極星を目指して航海した数多くの人の中で、実際に北極星にたどり着いた人は一人もいない。ハッピーエンディングではない。でも関係ない。彼らの人生は、彼らが北極星を目指して突き進んでいったという事実だけで充分輝いているのだから。

自分を小説の中の登場人物として描いてみるとき、まさにこの「可能性」がとても役に立つ。成功か失敗かの二分法から抜け出させてくれる、また別の解釈の可能性。「一度の成功」「二度の失敗」といったものでひとの人生を解釈しない可能性。今この瞬間に忠実でありながらも、この瞬間の勝敗に執着しないようにしてくれる可能性。わたしは、小説を読むことで得た第三、いや第四、第五の視線で、登場人物になった自分の人生を見る練習をしている。

登場人物としてのわたしの人生はけっしてスペクタクルではないけれど、それでも、それなりにいいところもあるように思える。ゆるやかな努力を地道に続けているという点。その点においては、平均点くらいはあげられるのではないだろうか。悠長なことを言っていられる身分でもないのに、やけにのんびり構えているところもいい。もし、わたしのような人物が小説に出てきたら、読者は「この人はやけにのんびりしているけど、何か当てにできるものでもあるのかな?」と気になって、最後まで読んでみるかもしれない。最後まで読んでみても「実は、当てにできるものなんて一つもなかった」というのが、ささやかなオチといえばオチだろう。「当てにできるものなどないのに、のんびり生きた人生」。小説のエンディングで、「わたし」という人物の人生はそんなふうに要約できるかもしれない。

36

休暇中に読む

七月下旬。おいしい冷麺を食べたあと、近くのパブに移動した。ほろ苦さが魅力のペールエールをちびちび飲みながら、話に花を咲かせた。ガラス張りの窓の向こうは見るからに暑そうで、いかにも「夏」だった。涼しいエアコンの風を浴びながら気の合う人たちと一緒にいると、わたしにとっては今ここがリゾート地だ。誰かが聞いた。「みんな夏休みは何するの?」みんな、特に決まっていないようだった。「どこかに行くかもしれないし、行かないかもしれないし」

それでも、去年の夏に各自行った旅行の話では盛り上がった。いつしか夜も更け、わたしは、今年の夏休みシーズンは何をしようかと遅まきながら考えてみた。うーん、思いつかない。今回も一日じゅう、ゴロゴロしながら本でも読んでいればいいや。

もともと毎日本を読んでいる人間が何を言っているのか、と思われるかもしれない。本当は遊びにいきたいのに都合がつかないから(今年の夏はこの本の執筆にかかりきりだ)本でも読んでおこうと言っているのではないか、と疑われるかもしれない。怪しい状況ではあるけれど、本当にこの夏休みシーズンは、どこかに行くより、自分の部屋に遊びにきたつもりで、床にうつ伏せになって、海か川が出てくる小説を読んでいたい。必ず、海か川が出てくる小説を。条件は、「一日じゅう読む」だ。

一日じゅう静かに座って本を読む時間があると考えることほど、ギッシング（イギリスの小説家）を楽しい気分にさせるものはなかった。本好きの人なら誰でも、実現できるかどうかは別にして、「朝から晩まで」本を読むことを夢見るものだ。

——ホルブルック・ジャクソン「애서가는 어떻게 시간을 정복하는가」（日本語直訳「愛書家はどのように時間を征服するのか」）、『천천히, 스미는』（日本語直訳『ゆっくり、染みる』、ヴァージニア・ウルフなど二五人による散文集、カン・ギョンイ、パク・チホン編）に収録

以前は、休暇のたびにせっせと出かけていた。夏期休暇や年末の休暇の何カ月も前から、行きたいところをチェックしておき、その日がくるのを指折り数えて待っていた。今は違う。休暇中はいつもよりゆったりしたペースで生活する。のんびり過ごすのだ。バタバタ動かず、あれこれ考えず、無理に何かをしない。何かをする場合は、自分が本当にしたくてすることでなければならない。つまり、ゴロゴロするとか、本を読むとか。

去年は、枕元で扇風機を回し、うつ伏せになってマーク・トウェインの『ハックルベリー・フィンの冒険』を読んだ。例年より厳しい暑さに打ち勝つには涼しい世界が必要だった。たとえば、筏《いかだ》に乗ってミシシッピ川を悠々と下っていく世界のような。果物を何種類かと、夕食に飲むビールを冷蔵庫で冷やしておき、朝から夜遅くまで、ハックとジムの旅についていった。奇妙な組み合わせの二人が、大胆に、そして知恵と共に世の中に立ち向かっていくさまは痛快だった。

今も大して変わっていないが、去年はあれこれと心配事が多かった。休暇のときくらいは、つまり、ゆっくり本を読んでいるときくらいは、心配するのをやめることにした。頭の中いっぱいの雑念は、ひとまず忘れた。解決しなければならないことも、当分は考えないことにした。「していたことを中断し、しばし休む」という、休息の本来の意味を尊重し、心も身体も精神も休ませた。

今年も、二日ほどのんびり過ごそうと思う。ノートパソコンは閉じ、椅子は机の中に入れ、床にはふかふかの枕を一つ置き、顔の大きさくらいの扇風機は右側、ハンディーサイズの扇風機は左側にセットし、この世で一番楽な服を着て、うつ伏せになって。そして、入念に選び抜いた本を読むのだ。海の香りを放つ、涼しげな、あるいはヒヤリとする本を。

ホルブルック・ジャクソンの散文「愛書家はどのように時間を征服するのか」は、最初の文章と最後の文章が同じだ。「本を読むのに良いタイミングは『いつでも』だ」。わたしは、この文章が真実であることを爪の先ほども疑いはしないが、あえてこう言ってみたい。「本を読むのに良いタイミングは『いつでも』だけれど、それでも、一番良いのは休暇中だ」

37

文章の味

「本は人生の地図だ」

イ・ユンギ『무지개와 프리즘』（日本語直訳『虹とプリズム』）

国語を教えている友人は不自然な文章をとても嫌がる。非文〔文法的に成立しない文〕を発見したり、もったいぶった文章に出くわしたりすると、内容も読まずにすっ飛ばしてしまう。以前は、翻訳された本が信用できず、おもに韓国の作家の書いた本だけを読んでいたという。最初はそんな友人のことを変わった人だなと思っていたのだけれど、今はどちらかというとわたしのほうがひどい。わたし自身も文章に敏感になったせいだ。

主語と述語がちぐはぐな文章を読むと精神的に疲れる。内容は気になるので最後まで読みたいのだけれど、やむなく途中で諦めることもある。絶望的にわかりにくい翻訳文は言うまでもない（本を読んでいてどうにも内容が理解できないとき、わたしたちは自分の理解力のせいにしがちだが、実際には翻訳がおかしいケースが多い）。どこが良くないのかはっきりとは説明できないけれど感覚が合わない、という文章も読み進められない。

一時は、文章に敏感になった自分を恨めしく思ったりもした。文章にこだわるあまり、読む楽しさを失ってしまうのではないかと。でも時が経つにつれ、こう思えるようになった。わたしはただ、より良い文章を求めるようになっただけ、良い文章を見つけるのが楽しいと思うようになっただけだ。

話の構想や内容だけでなく文章にまで敏感に反応するようになったので、それこそ読む楽しさが大きくなった。「洗練された」韓国語の文章を操る韓国の作家を探す楽しみもできた。「洗練」の意味は、「ぎこちなさや不自然さがないよう、垢抜けしたなめらかな状態に磨き上げること」だ。完璧な文章を操る作家はそういないかもしれないが、少なくとも、文章を「洗練する」作家の書いたものは、読んだときの「味わい」が明らかに違う。

ならば、文章を見る目はどうすれば養えるのだろう？　一番良い方法は、良い文章を書く作家たちの作品を読むことだ。わたしの場合、「文章一つに何日も悩む人たち」と聞いて真っ先に思い浮かぶのは、小説家だ。韓国小説を読みながら、文章を見極めるカンを養っていくといいだろう。作家によってスタイルはさまざまだが、地道に読んでいけば、練り上げられた文章を見極める目が養われ、文章に対する自分の好みもわかってくる。

わたしは、小説家イ・ギホの文章が好きだ。彼の小説をすべて読んだわけではないが、読ん

だ作品はどれも良かった。以下の文章は、彼の小説集『웬만해선 아무렇지 않다』（日本語直訳『少々のことでは動じない』）の中の『어떤 상담』（日本語直訳『ある相談』）の冒頭の文章だ。飾り気や無駄がなく、すっきりしている。

朝晩のひんやりした風は、誰かにとっては、ああ、またいつの間にか秋になったんだなあ、というサインになるのだろうが、さてどうだろう。小学校の教員であるわたしには、ああ、またあのいまいましい保護者相談週間〔生徒の学校適応や、学校教育への保護者の理解を図るために学期初めに設けられる期間〕がやってくるんだなあ、というプレッシャーでしかない。四月の第二週と九月の第三週。毎年やってくるこの保護者相談週間のせいで教職を辞めようかと真剣に考えたことがあるのは事実だ。

「Cine21」〔ハンギョレ新聞が発行する映画雑誌〕の記者キム・ヘリの文章も良い。スタイリッシュな文章と言えるだろう。長い文章と短い文章のメリハリが絶妙で、読む楽しさを味わえる。映画「ムーンライト」で、もっとも美しく、心ときめいたシーンを、彼女は次のように表現している。

はるばるアトランタからマイアミまで運転してきたシャロンがレストランに入るときにカランコロンと鳴るドアベルのカットに始まり、シャロンとケヴィンが店のドアを閉めると同時に鳴るドアベルのカットで終わる、再会の食事のシークエンスは、それそのものが密封された楽園だ。時間の密度は高まり、心臓の鼓動が遅くなり、真実が胸襟を開く。そうだ、ともかくあいつらは無事に大人になったんだ。こうなるはずだったんだ。シャロンの三〇年の人生をたどってきた観客は、ようやくここで一息つくのだ。

——「Cine21」1097号、「キム・ヘリの映画の日記」

38

親が本を読めば

親が本を読めば子どもも読むようになる、という説がある。本当だろうか？　確率は高いだろうが、必ずしもそうではないようだ。多読家で、しかも作家でもある親が「わが子が本を読まない」と嘆いている文章をたまに見かけるからだ。

わたしの場合は一〇〇パーセントこのパターンだと言える。どこからどう考えても、わたしが本を読むようになったのは、親が本を読むからだ。姉が言葉をしっかり話せるようになったころ、お隣のおばさんに聞かれたそうだ。「あなたのお母さんは、おうちで何をされているの？」姉の答えはこうだ。「本を読んでるか、寝てるよ」。母がベッドかソファに寝転んで本を読んでいる姿は、当時も今もありありと目に浮かぶ。だから、一家揃って「本の虫」というファディマン家の一員、アン・ファディマンが著書『本の愉《たの》しみ、書棚の悩み』で言っていたことは理解できる。

うちの娘は七歳なのだけど、ほかの二年生の子の親の中には、自分の子が本に親しんでくれないと愚痴をこぼす人もいる。そういう人の家を訪ねてみると、子ども部屋には高価な本がぎっしり並んでいるのに、親の部屋には何もない。その子たちは、わたしの幼いころとは違い、親が本を読んでいる姿を目にすることがないのだ。

夜一〇時になるとお寺のように静まり返っていたわが家の雰囲気も、わたしの読書遍歴に影響を及ぼしたのだろうか。父は、教育方針というようなものは特になかったけれど、ただ一つ、テレビだけは自由に見せてくれなかった。姉とわたしは、特別な理由がない限り、夜九時以降はテレビをつけることができなかった。両親もせいぜい九時のニュースを観る程度で、一〇時になるとテレビを消した。そのあと家の中は静寂に包まれる。わたしはその静寂がとても苦手で、夜、自分の部屋にいるより友だちの家のリビングにいるほうが気楽だと感じることもあるほどだった。

足音にも気を遣うほど静かな家の中でできることといえば、寝るか、本を読むかしかなかった。姉とは違い、わたしはラジオを聴くのも好きではなく、これといってほかにやることがなかったからだ。わたしはわたしの部屋で、姉は姉の部屋で、両親は両親の部屋で、あるいは母はリビングで、各自やることをやって眠りにつく、というのがわが家の夜の風景だった。

両親は、本を読むよう強要することはなかった。よく映画であるように、夜に本を読み聞かせてくれることもなかった。両親としてはただ、結婚前からの趣味を続けていただけだったのだろう。わたしはその様子を見ながら（あまりにもやることがなかったので）同じようにしていただけだ。ゆえに、結論としてはこう言うしかない。わたしが本を読むようになったのは、やはり親が本を読むからだ、と。

『本の愉しみ、書棚の悩み』には、「本の虫」一家が互いに慰め合う感動的な話も登場する。作家である父親は八八歳と高齢になり、娘アン・ファディマンは親と同じくもの書きになった。そんなある日、父親は網膜壊死により視力を失う。病床に臥《ふ》せる父のそばに寄り添うアン。午前〇時を回ったころ、依然として現役の編集者、批評家として働いていた父は、こう口にする。

「感傷的にはなりたくないが、読んだり書いたりできないのなら、わたしは終わったも同然だ」

そんな父に娘は、作家と本にまつわるエピソードを話すことで自身の気持ちを表現する。

「ミルトンも、失明したあとに『失楽園』を書いたじゃない」

すると父はミルトンの書いたソネット「When I consider how my light is spent」（日本語

直訳「わたしの光は使い果たされてしまった、と思うとき」)〔「On his blindness〈彼の失明〉」のタイトルでも知られる〕を思い浮かべ、娘は家に戻ってその美しいソネットを電話越しに読んで聞かせる。静かに聞いていた父は言う。

「そうだ、そうだ。どうしてそれを忘れていたんだろう」

わたしも慰められた経験がある。三〇歳まで勤めていた会社を辞めたいと、もう疲れ果ててこれ以上は続けられないと打ち明けたとき、両親は、わたしを引き止めるのではなく、以前読んだ本の内容を聞かせてくれた。

「いつか読んだ本にこう書いてあった。わたしたちのころとおまえたちのころでは時代が違う、って。おまえたちの世代は、死ぬまでに四、五種類の職業を経験するのが普通なんだそうだ。おまえはまだ一つ目の会社を辞めるだけなんだから、大丈夫。これからは、やりたいことをやってみなさい」

39

広く読んだのちに深く読む

「あなたの読書目録は、それ自体があなたの自叙伝であり、霊魂の年代記である」
キム・ギョンウク『위험한 독서』（日本語直訳『危険な読書』）

ある文化評論家に、過去半年間の読書目録を見せたことがある。東洋の古典をもとにした人文学の本を出版し、講義もしている人だ。目録に目を通した彼はこうアドバイスしてくれた。「いろいろな本を幅広く読まれているんですね。良いことです。今度は、ある特定の分野を決めて、その分野の本をもっとじっくり読んでみてください」

それを聞いて目録の内容をよくよく見てみると、確かに、偏りなく読んではいる。文学と非文学のバランスが良く、経済・経営の本は少ないものの人文、社会、科学の分野はまんべんなく読んでいた。そのため、集中して読んでいる分野が見えてこず、評論家の目にはやや散漫な印象を与えたのだろう。

本を幅広く読むようになって間もないころだった。それまでのわたしは「狭い」読書をしていた。おもに小説やエッセイを読み、いわゆる人文学と分類される本はあまり読んでいなかった。社会や哲学、心理など、非文学の分野へと手を広げるようになってまだ数年、というころだ。意図的に幅広く読もうとしていたところだったので、評論家のアドバイスはひとまず胸の中に収めておくことにした。

「深く掘るためには広く掘らなければならない」。スピノザの有名な言葉だ。当時のわたしの状況はこの一文で言い表せるだろう。スピノザの言葉は、哲学のみならず、どの分野においても通用する。ある分野でトップに立った人は、最初からその分野だけを掘っていただろうか。たとえば大学での勉強でも、一年生のときは概論書で分野全般の理解を高め、学年が上がるにつれて細かい分野へと絞り込んでいく。まず「広さ」があって、その次に「深さ」があるのだ。

読書も同じだ。だからわたしは、まずは広く、広く読んでみてほしい、と言いたい。おもに小説を読んできたなら、次は非小説を読んでみる、というように。科学書を何冊か読んだなら、次は心理エッセイを読んでみる、という具合に。「広さ」を充分に確保したのちに「深く」掘り下げる読書を始めればいいのだ。

『利己的な遺伝子』も、評論家に見せた目録の中に入っていた。著者リチャード・ドーキンスはこの本で、地球上のすべての生命体は、遺伝子を運搬するために存在する「生存機械」に過ぎない、と述べる。わたしたちの存在理由はただ遺伝子を後世に残すことであるという、新たな知。敬虔《けいけん》な宗教人たちはこの「知」に激しい拒否反応を示すけれど、わたしには、自分の中の遺伝子を意識するようになった点が良かった。自分の中に遺伝子がぎっしり詰まっていると考えると、ちょうど「宇宙は膨張している」という事実を思い浮かべるときと同じくらい、自分という存在の重荷を軽くすることができた。

本に出てきたミーム（meme）理論も印象的だった。文化遺伝子「ミーム」は、リチャード・ドーキンスがこの本で初めて考案した新造語だ。人間は複数の世代を経て進化するものだが、ミームのおかげで単一の世代内でも進化が可能だと、ドーキンスは言う。ミームがこの脳からあの脳へと飛び回ることで、人々を短時間でいっぺんに進化させるというのだ。

ミームの例には、曲調や思想、標語、衣服の流行、壺《つぼ》の作り方、アーチの建造法などがある。（……）ある科学者がすばらしいアイデアについて聞いたり読んだりすると、彼はそれを同僚や学生に伝えるだろう。論文でも、講演でも、それについて言及するはずだ。そのアイデアが評判になれば、この脳からあの脳へと広まりながら増殖していくと言える。

ミームは互いに競争もする。

あるミームが、ある人間の脳の集中力を独占しているなら、「ライバル」のミームが犠牲になっているのは間違いない。

今回、『利己的な遺伝子』をあらためて読んでみて、この文章を「本を広く読んだのちに深く読むべき根拠」と考えることにした。一冊の本を通して入ってきたミームが自分の思考を独占する前に、もっと多様なミームを獲得しておくという知恵。それらミームを調整、選抜する能力が身についてから一つのミームに意図的に集中するという賢明さ。読書家の柔軟な思考は、そのようにして培われていくはずだ。

40

読書目録を作成する

一カ月単位で本の目録を作成している。本を読み終えたらタイトルを記し、タイトルの横に番号を振る（そうしておくと、その本が今月読んだ五冊目の本なのか、一〇冊目の本なのか、ひと目でわかって便利だ）。どういう本を読んだかくらいは記憶しておこうと始めたことだが、今では何かと役立っている。目録がなかったらわからなかった自分の読書パターンや読むペースを自然と把握できるし、時には、目録の作成自体がモチベーションとなって普段よりたくさん読むこともあった。

先日会った知人も目録を作成している。彼が映画の目録を作成していることを知ったのは、数カ月前に会ったときのことだ。お互いにどんな映画がおもしろかったか話しているとき、彼が突然スマートフォンを取り出したかと思うと、画面をスクロールしながら映画の目録を確認しはじめた。普段、芸術映画や独立映画と呼ばれるものを好んで観る彼は、わたしにおすすめの作品を探してくれていたのだ。やがて、悩んだ末に薦めてくれたのは、パートナーを見つけられない人間は動物に変えられる、という殺伐とした映画「ロブスター」だった。

今回会ったとき、読書の目録は作っていないのかと、こちらから聞いてみた。彼は、作っているに決まってるじゃないかという表情をちらりと浮かべ、スマートフォンのメモアプリを誇らしげに見せてくれた。なんと、記録されているのは小説ばかり。なぜかと問うと、彼は首を傾げながら「やっぱり文学が好きだからじゃないかな」と答え、「僕が読書するのは目録を埋めるためでもあるんだ」と付け加えた。その瞬間、わたしはゴクリと唾を飲み込んだ。そのあとに続く言葉を言い当てられるような気がして。「目録がスカスカだと寂しいから」

一カ月の半分ほど過ぎたころが一番緊張する。そこまでの二週間の読書を総評し、そこからの二週間の計画を立てる時期。それなりの理由がない限り、タイトルの横の番号が三や四で止まっているのは耐えられない。少なくとも六か七でないと、その月の最後の本に一二や一四という番号を振ることができないからだ。どうしても耐えられないときは、致し方ない。気持ちの問題なので、自分以外は誰も見ない目録に「小細工」をする。読みはじめたばかりの本やこれから読む予定の本も、早々と目録に入れてしまうのだ。そして残りの二週間は、とりわけ薄くて簡単な、厳選した本を読みながら目録を埋めていく。我ながら姑息《こそく》な真似だと思いつつ、よくその手を使う。とにかく、スカスカの目録だけはどうしても目にしたくないので。

「知識人の書斎」や「名士の書斎」といったインターネットコンテンツを見ると、それぞれの記事の末尾には必ず、おすすめの本が紹介されている。どういう形であれ、推薦者の人生にとって「大きな事件」となった本なのだろう。人生の方向に影響を及ぼしたり、省察の機会を与えてくれたりした本。でもわたしは「誰それの書斎」で言及されないような本を記憶しておきたい。知識人も、名士も、わたしも、あなたも、ついさっきまで読んでいたのに、今は、読んでいたことすら忘れている本。実際、わたしたちの読む本のほとんどはそういう本だ。「大きな事件」のような本と本に挟まれた平凡な本。けれど、読んでいるときだけは、わたしたちの思考や気分を掌握していた本。右の路地に向かっていた足を左の路地へと向けさせ、空虚な日常の隙間を幾重にも埋めてくれた本。感情のどん底をさらけ出したわたしに愛想を尽かすことなく、そばに座って話を聞かせてくれ、時には先生のように厳しい助言もしてくれた本。わたしが、読んだ本の目録を作成するのは、そういう本たちを忘れないようにするためだ。

『エセー：日々の生活』で著者ジャン・グルニエは、「読書は人生という旅路を導いてくれる道しるべのようなもの」だと述べている。本が、わたしたちがどこへ向かうべきか、その方向や距離を教えてくれるということだ。それが、わたしたちが本を読むもっとも強力な理由だろう。同時に、読書は、わたしたちが目的地に向かう過程で出合う友でもある。日々を知恵で生き抜く者だけが目的地に到達し笑うことができる、という点で、わたしは、フランスの哲学者シャルル・ド・モンテスキューのこの言葉が好きだ。「わたしは、一時間の読書でも和らぐことのない悲しみを知らない」。今日のわたしの悲しみを忘れさせてくれた本を、わたしは記憶しておきたい。

41

自分の望む人生を生きるための読書

「ぼく自身とはいったい何者であるのか、ぼくとぼく自身とはいかに関わりあっているのか、（……）それを知るためにぼくは本を読みつづけ、生きつづけてきたはずだった」

立花隆『ぼくはこんな本を読んできた：立花式読書論、読書術、書斎論』

「あなたにはわたしの気持ちは理解できないと思う」。そう言いながらも友人は、自身の話を、落ち着いた口調で時間をかけて聞かせてくれた。六年間の結婚生活や、伝貰《チョンセ》〔大家に高額な保証金を預けると月々の家賃を支払わなくてよい賃貸制度。保証金は退去時に全額返却される〕で借りたマンションの小さな部屋、子どもができず苦労した話、いい暮らしをしている身近な友人たちに感じる相対的剥奪感、さらに、これからもけっして自分の望む人生は生きられないだろうという予感。そういったものが友人を鬱々とさせていた。

友人の言うとおり、結婚していないわたしが、結婚している友人の悩みを完全に理解することはできないだろう。自分なりに精一杯、「わたしを見てよ、あなたが手に入れたものをわたしは手に入れていないけど、こうやってちゃんと生きてるじゃない」というようなことを言ってみたけれど、ちっとも慰めにはならなかったと思う。何より、相対的剥奪感が一番大きな問題だった。友人の目は、友人の手の届かないはるか高いところに向けられていた。

友人の「いい暮らしをしている」友人たちだって、何の悩みもなく生きているわけではないはずだ。「このマンションの部屋の中でわたしたちのものはリビングくらいで、残りは銀行のもの」と言っていたのはあながち冗談ではないのかもしれないし、小学校に上がった娘が学校生活になじめずにいるのかもしれない。夫や妻との対話がなくなって一週間以上になるのかもしれない。あまり連絡のない何人かの友人は、わたしたちもときどき経験するように、ここ最近、ひどい浮き沈みに苦しんでいるのかもしれない。友人の友人たちも、人生の苦難のなか、黙々と生きているのではないだろうか？　口には出さないだけで。

周りの人たちはどんどん前に進んでいくのに自分だけが足踏みしている気分になることは、わたしもよくある。そういう気分になるのは、特定の状況にあるときだけではない。お金をたくさん稼いでいてもいなくても、好きな仕事をしていても嫌いな仕事をしていても、気分の強弱に差はない。うまくいかない一つの問題だけにとらわれていると、その問題がどんどん膨らんでいき、人生のすべてがうまくいかないように思えてくる。自分が落ち、もがいている穴の中からは、ほかの人たちの人生に垂れこめる影が見えないのだ。あるいは、わざと見ないようにしているのかもしれない。

　わたしたちは他人の人生をよく知らないので、その人の人生で一番目立つ面だけに注目しがちだ。相手の波打つパーマヘアは見ても、波打つ心の状態までは見ることができないように。自分の内面に苦しみがあるように、相手の内面にも苦しみはある。自分の苦しみをむやみに人に見せないのと同じく、相手も、よほどのことがない限り、苦しみを人に見せたりはしない。だからわたしたちはいつも、相手は自分より苦しみが少ないと誤解するのかもしれない。自分の苦しみは大きく、他人の苦しみは小さく捉えることによる誤解だ。

　そういう誤解から抜け出すために、わたしたちには作家という存在が必要なのだ。作家は、わたしたちに代わって苦しみを語る人だから。弱みを握られそうで、馬鹿にされそうで、普通なら打ち明けられないような内密な話を、作家は淡々と綴る。そして、人生には光と闇があるものだと、わたしたちの闇を包みこんでくれる。チョン・ヨウルは、著書『공부할 권리：품위 있는 삶을 위한 인문학 선언』（日本語直訳『学ぶ権利：品位ある人生のための人文学宣言』）のエピローグでこう述べている。

> わたしのプロフィールは一見、実に穏やかで平和です。一生懸命勉強して良い大学に入り、一生懸命文章を書いて専業作家になったように見えますから。プロフィールだけを見ると、ものすごい優等生のように思えます。でも、プロフィールには書けませんよね？　わたし

を作り上げた感性の八割は、ひねくれと、悲しみと、いじめの恐怖だった、なんてことは。プロフィールというのはある意味、わたしが何者であるかをできるだけ隠すための「カムフラージュ」なのでしょう。

絶望感、挫折感、不安、宙ぶらりんの存在、悲観的な見通し。エピローグの続きの文章に並ぶ言葉だ。カムフラージュしてはいるけれどわたしたちの内面に存在しているものでもある。だからわたしは、読書とは、自分の人生の光と闇を、他人の人生の光と闇を受け入れることだと思う。作家の紡ぎ出す、人生の孤独な瞬間や満ち足りた瞬間。小説家の描き出す、複雑で立体的で、泣き、笑う人物たち。哲学者の目に映る、幸せだったり不幸せだったりする人物たち。そして、そういう人物と大して変わらないわたしたち個々人が築いていく人生。わたしたちに知識が必要だとしたら、まさにそういう人生についての知識であるはずだ。

人生を理解すれば、相対的剝奪感からも、ある程度は抜け出すことができる。自分の望む人生の基準を調整できるからだ。他人の華やかな面だけを見て基準をめいっぱい上げていた人が人生について理解するようになれば、その基準がいかにでたらめな計算から出たものであるかに気づく。そういうときは、計算方法を点検し、基準を設定し直さなければならない。自分が本当に望む人生とは何なのか、あらためて考えてみるのだ。

42 書評を読む

本を素材とした文章が大好きだ。評論から読書エッセイまで、形式は問わない。筆者が本を読んで考えたこと、感じたこと、学んだことを読みながら、わたしも考え、感じ、学ぶ。筆者の見識に感嘆し、時には心の中で反論したりもする。一冊の本を挟んで、筆者とわたしが間接的に対話をするのだ。

たいてい、書評を一日に一、二本は読む。夢中になって書評ばかりを一時間以上読んでいることもある。一冊の本についての書評を立て続けに読んだりもするし、文章の上手い人を見つけるとその人の書いた書評を次々と読んでいったりもする。書評集も買って読む（ここで言う書評は、書評家たちの言う狭義の書評ではなく、本を素材としたすべての文章を指す）。

書評を好んで読む理由は、その本が気になったからでもあるけれど、良い本を選《よ》り分けて読むためでもある。書評家イ・ヒョヌはあるインタビューで「書評は、読むべき本と読まなくてもいい本を選り分ける役割をしてくれる」と述べていた。彼の言うように、本をじっくり読んだ誰かが丁寧に綴った書評を読むと、わたしたちは二つの選択肢を手にすることになる。その本を読むか、読まないか。

わたしは誘惑されやすいほうなので、しばしば「読む」を選ぶことになる。良い書評を読むと、自然とその本が読みたくなるのだ。そこで、自分なりに基準を設けた。「この本、本当に良いです！」といった感想レベルの文章にはなるべく誘惑されないようにして、適切な要約や引用を含む客観的な叙述に、より信頼を置くことにした。と、考えてはいるのだが、実際には、「この本、本当に良いです！」の誘惑をかわすのは容易ではない。

書評が提示している観点をうまく活用すれば、本を読むときにも大いに役立つ。書評家の観点を参考にして、読んだことのある本を新たに解釈することも可能だし、まだ読んでいない本の場合、書評家の観点を道しるべとすることもできる。「ああ、こんなふうに捉えることもできるんだな」と考えさせてくれる文章が、わたしにとってはもっとも良い書評だ。もっとも魅惑的な書評とも言える。なぜなら、そういう文章を読むと結局は、その本を自分が実際に読んで、本当に「そんなふうに捉えることもできる」ことを確認したくなるので。

読みやすい文章の中に文学評論家の繊細な観点がよく表れているシン・ヒョンチョルの『느낌의 공동체』（日本語直訳『感覚の共同体』）は、とりわけ好きな書評集だ。著者本人がこの本を「散文集」であると丁重に主張しているので、わたしが「書評集」だと言ったところで書評集にはならないのだけれど。それでも、この本には良い書評がたくさん入っている。レイモ

ンド・カーヴァーの短編集『大聖堂』の表題作を読んだシン・ヒョンチョルは、読者をこう誘惑する。

この小説は偏見と疎通について語っている。否定的な見解だけが偏見というわけではない。自分が身をもって体験したことのない知も、一度も反省したことのない知も、どちらも偏見になり得る。たとえば、目の見える者が見えない者に対して持っている見解というのは、どうあがいても、偏見の枠外にあるとは言いがたい。その偏見はどう破られるのか、という問いを投げかける小説は多い。だが、偏見が溶けていく過程をこんなにも自然に、力強く描き出した小説は多くない。

好奇心を刺激するこんな文章（「偏見が溶けていく過程をこんなにも自然に、力強く描き出した小説」）を書かれてしまうと、読者としては居ても立ってもいられない。すぐさま書店に駆けていき、『大聖堂』を手にとって、目次の最後にある「大聖堂」のページを急いで開く。「私」と妻、そして妻の長年の友人である視覚障害者ロバートのあいだには、微妙な緊張感が流れている。けっして友だちにはなれないかに思えた二人の男は、妻が先に寝てしまったあと、魔法のような場面を演出する。その場面はまさしく「偏見が溶けていく過程」だった。

43

書評を書く

「毎年シェークスピアの悲劇『ハムレット』を読み返し、そのたびに感動を文章で書き残せば、それは事実上、わたしたち自身の自叙伝を記録しているのと同じだ」

ヴァージニア・ウルフ

六年ほど前に非公開のブログを一つ開設した。誰も見る人はいないので、思いつくまま好きなように書いた。過去から記憶のかけらを一つずつ集めてきては段落を作り、本から抜粋した文章や、本を読んでいて思いついた考えをあれこれ組み合わせた。文章の完成度なんかはよくわからなかった。ただ文章を綴っていくのが楽しくて、仕事から帰ってくるとほぼ毎日、ノートパソコンの前に座っていた。

そんなふうに一年ほど人知れず楽しんでいたのだが、ふと気になった。これは良い文章と言えるのだろうか。ほかの人はこの文章をどう思うのだろう。そのときちょうど読んでいたのが

読書評論家イ・グォヌの『책읽기의 달인, 호모 부커스』（日本語直訳『読書の達人、HOMO BOOKERS』）だった。インターネットで検索してみると、著者によるライティング講座があるというので、ドキドキしながら受講申し込みをした。初回の講座を聴きにいく日、本当に久しぶりに、心躍る感覚を味わった。

講座は二カ月のコースだったが、あまりにおもしろくて六カ月間受講した。二週間に一冊のペースで課題本を決め、一週目は本を読んで感じたことを各自発表し、二週目は読んだ本をもとに文章を書いて添削を受けた。限られた時間内に添削を受けられる人はせいぜい四、五人だったが、わたしの文章はほぼ毎回「公開添削」された。恥ずかしそうにするほかの受講生たちとは違い、わたしは添削されても楽しそうにしていたので、イ・グォヌさんも気楽に指名できたのではないかと思う。

イ・グォヌさんは受講生に難しい文章は要求しなかった。論理がしっかりしていて端正な文章であればいい。日常でのエピソードや、最近思うこと感じることなどを本の内容に絡めて書いた、気取らない文章もいい、と言った。本を評価、分析するのは批評家の仕事なので、わたしたちは本をしっかり読んでその感想を率直に書きさえすればいいということだ。つまり、わたしたちが書くのは読書感想文だった。著書『책읽기부터 시작하는 글쓰기 수업：무엇을 읽고, 어떻게 쓸 것인가?』（日本語直訳『本を読むことから始めるライティング授業：何を読み、どう書くのか？』）で、イ・グォヌさんは読書感想文についてこう説明している。

読書感想文というのは本来、読んだあとに抱いた感情や感想、感動なんかを記録するものですよね。本の内容や要約を中心に書いていくのではなく、読んだ者として、本を読むことで変化した感情や自身の内面について書けばいいのです。本が主人公ではなく、本を読んだ者が主人公になるように書くということです。それなら負担も少ないし気楽に書けますよね。

文章を書くというのは、自分の考えや感情に肉付けをしていく過程だ。わたしは、その過程を経ることで自分の考えや感情をより理解できるようになった。特に読書感想文の場合、本を通して個人の経験や考えを文章化していけば、形式や論理、説得力はおのずと備わってくるという事実を知った。そのときから、わたしの読書の一定部分は、読書そのものではなく、書くためのものになった。本を読む理由がもう一つできたわけだ。

どんな文章を書こうか、それをどんなふうに書こうかと考えながら本を読むと、どれもこれも意味のあるフレーズばかりで、ページをめくるたびに鉛筆でアンダーラインを引き、書き込みをすることになる。「書くための読書」をしようとすると、誰しもわたしと同じような経験をするのではないだろうか?　ハン・ガンの『菜食主義者』の英訳本がマン・ブッカー国際賞を受賞したと聞いて読んでみるケースと、主人公ヨンへはなぜ植物になろうとしたのか、自分なりに書いてみようと思って読むケース。本の細かいところまで逃さないように読むのは、後者の読書だろう。

もちろん、文章を書くのは難しい。慣れないうちは、この世で一番難しいのは文章を書くことだと感じるかもしれない。一文一文綴っていくのはこんなにも難しいことだったのかと驚くかもしれない。だから最初は気楽に考えよう。「文章を書く行為」に慣れるのが先だ。自分の考えを率直に表現したものならたった数行でも立派な文章だ、と考えてこそ、長続きする。

ある程度、文章を書く習慣がついたら、次は、自分の意図したとおりに書く練習が必要だ。たとえば、A４用紙一ページ分の文章を書こう、あるいは、この本の良い点を、感傷的にではなく論理的に書いてみよう、はたまた、自分が昨日考えていたことを、本の論理を借りて客観的な立場で述べてみよう、といった意図だ（意図どおりに書くのは本当に大変だけれど）。主客転倒して、読むことより書くことのほうが楽しくなるかもしれないけれど、かといって本を手放すことはまずないので心配無用！　良い文章を書くには、本を読まなければならないことがわかるはずだから。

44

登場人物にどっぷりハマる

わたしはこんな告白が好きだ。

（……）くる日もくる日もチョルミョン〔歯ごたえのある麺にタレを絡めて食べる大衆料理〕を食べにいく女子学生になったわけだが、存在の不安感のせいか、そのころから本の中の人物たちに目を向けるようになった。本の数多くの要素のうち、キャラクターに注目するようになったということだ。たとえば、ルイーゼ・リンザーの『人生の半ば』に出てくるニーナと、生涯彼女を愛しながらも自殺してしまう精神科医シュタイン。ヘルマン・ヘッセの『車輪の下で』に出てくる優等生ハンス・ギーベンラートと、詩が好きで偽悪的でわたしの目にはとてもかっこよく見えたハイルナー。

——チョン・ヘユン、『그들은 한 권의 책에서 시작되었다：정혜윤이 만난 매혹적인 독서가들』（日本語直訳『彼らは一冊の本から始まった：チョン・ヘユンが出

会った魅惑的な読書家たち』）

まさにわたし自身が告白したい内容だからだ。わたしは本を読むと、そこに出てくるキャラクターに過剰なほどのめり込む。おもしろく読んだのにキャラクターの名前をはっきり覚えていないケースもあるが、名前を目にした瞬間から忘れられなくなったキャラクターもいる。カミュ『異邦人』のムルソー、『書記バートルビー』のバートルビー、ニコス・カザンザキス『その男ゾルバ』のゾルバ、カフカ『変身』のグレゴール・ザムザ。いつだったか、ムルソーのことを異常者だと言う人に会ったことがある。表面上は「解釈の仕方はいろいろありますよね」という顔をしていたが、心の中では、この人には二度と会いたくないと思っていた。わたしには、自分を偽らないムルソーの姿がとても魅力的だからだ。

村上春樹に好感を抱いたのもキャラクターが理由だ。彼は、旅行エッセイ『遠い太鼓』でゾルバに言及している。ギリシャのスペッツェス島に到着した村上春樹は「小説家らしく」鋭い目で人々を観察するのだが、そんな彼の目に「ゾルバ系ギリシャ人」の姿が捉えられる。地味な服装の健康そうな「ゾルバ系ギリシャ人」たちは「ゾルバらしく」、日光浴を楽しむ女たちから目が離せない。何気ないこんな文章が実に良い。

船の上からゾルバ系おじさんが、波止場にいる別のゾルバ系おじさんに向かってびっくりするような大声で怒鳴りつけている。「おおい、コスタ、元気か！」

こういう文章を読むと、わたしの大好きな友だちのことを、わたしと同じくらい好きだという人に出会った気分になる。また、小説の中の人物を、実在する人間かのごとく会話に登場させるのも楽しいものだ。ヘルマン・ヘッセの『知と愛』をほぼ同時期に読んだ友人と電話で話すときはよく、お互いを「ナルチス」「ゴルトムント」と、登場人物の名で呼び合っていた。それぞれの性格がナルチスとゴルトムントに似ているからだ。

最近読んだ『ラボ・ガール：植物と研究を愛した女性科学者の物語』で、著者で科学者のホープ・ヤーレンは、相棒のビルと魂を通わせ合う（読む人が感動するほどの切なさで）。二人は、第三者にあだ名をつけることにおいても絶妙のコンビだったのだが、ほとんどの読者は気にも留めないであろうその場面に、わたしはアンダーラインを引いた。

わたしたちは、彼が建物の屋根裏部屋に住んでいる人間だと結論づけ、彼を「ブー・ラドリー」（ハーパー・リーの小説『アラバマ物語』に登場するひきこもり）と呼びはじめた。

もっと最近読んだキム・ヨンオンの『문학소녀』（日本語直訳『文学少女』）にも、こんな一節がある。

チョン・ヘリンは、周りの人たちに「小説の中の人物の名前（性格や状況が一致する）をつけるのが好きで、それがクセになっていた」。

目の前に実在する人物より本の中の人物のほうがリアルに感じられたことはあるだろうか？わたしは数え切れないほどある。昨日会った友人の人生はなかなか思い描くことができないけれど、本の中のキャラクターの人生は胸がヒリヒリするほどリアルに思い浮かぶ。腕の良い作家は、キャラクターの言葉や行動、心理に、読者が納得できるだけの根拠を用意してくれる。わたしは、作家が物語に忍ばせた情報をもとに想像力を発揮する。

わたしは、チョ・ヘジンの小説『ロ・ギワンに会った』の中で脱北者ロ・ギワンに「会った」。二〇歳。一五九センチ、四七キロ。無国籍者であり不法滞在者、「難民」「幽霊」と表現される人物。「人生や世界を前に何一つ保証されるもののない、よその地から来た」異邦人ロ・ギワンは、ベルギーのブリュッセルで難民申請をしようとするが、この裕福な世界は彼にすんなり手を差し伸べてはくれない。語り手の視線に捉えられた、悲しみにあふれた彼の人生を、わたしは頭の中に描いてみる。

それまで「ハロー」や「ボンジュール」すらまともに発音してみたことのない、東洋からやって来た背の低い青年は、注意深くドアを閉めて外に出ながら、この都市での暮らしは、こうやって繰り返される誰かの無視や軽蔑、そして自分に向けられる過剰な警戒心や不必要な誤解で埋め尽くされるのだろうと予感した。

人気《ひとけ》のない路地に入ってようやくロは、塀にもたれたまま腰を深くかがめ、むせび泣いた。路地の奥に立ち、涙を流すというより吐き出している一人の人間の姿を、わたしは今、力なく、だが実は全身に力を入れて穴が開くほど見つめている。

わたしたちは自分のことを隠して生きているが、本の中の人物たちは隠しては生きられない。だからわたしは、彼らがさらけ出しているものを通して、わたしたちが隠しているものを見る。わたしが、あなたが、ロ・ギワンのように人知れずむせび泣いている場面を見る。わたしはロ・ギワンが頭から離れず数日苦しんだ。もしかしたらそれは、この世のすべての「ロ・ギソン」たちを思う悲しみだったのかもしれない。

45

書斎を整理する

「一日に三冊もの本を読む人間を、世間では読書家というらしいが、本当のところをいえば、三度、四度と読みかえすことができる本を、一冊でも多くもっているひとこそ、言葉の正しい意味での読書家である」

岡崎武志『蔵書の苦しみ』

『ぼくたちに、もうモノは必要ない。』（佐々木典士著）と『電気代500円。贅沢《ぜいたく》な毎日』（アズマカナコ著）を読んで自分の部屋をよくよく見てみると、あらゆるモノが、無分別な消費生活のいまいましい残骸のように思えた。机の引き出しの中身をぶちまけてみた。ほかにも、「ミニマルライフ」の妨げとなるモノはゴミ箱に直行させた。使っていないキーボードや、何年も着ていないワンピース、買って一〇年になる照明器具、あちこちで買い集めた記念品。

二日間かけて本棚の整理もした。まず、自分の言うとおりにさえすれば成功できる、とか、何事も前向きな考え方が大事だ、とかいう本は、どんどん段ボール箱に詰めていった。かつて楽しく読んだけれど今はもう読まない、再び本棚の隅から取り出すことはなさそうな小説やエッセイも箱に詰めた。あっという間に三、四箱の段ボールがいっぱいになった。

そこからが問題だった。ざっと見ただけでは、本棚に残しておくか、箱に詰めるか決めかねる本はどうすればいいのだろう。まず、本棚にある本をすべて床に下ろした。一冊ずつ内容を確認して、本の行き先を決めた。原則はただ一つ。自分と思い出もなく、今好きなわけでもなく、この先も読まなそうな本は捨てよう。どうにも迷うときは、もう一度自問してみた。「この本、いずれ読むと思う？　読まないと思う？」読まないだろうという答えが出たら、若干の未練と共に箱に詰めた。

数百万人のファンを擁する世界的な作家の本だとしても、捨てた。基準は自分に置くことにした。ほかの誰かが読みたい本ではなく、わたしが読みたい本。ほかの誰かが大事にしている本ではなく、わたしにとって大事な本。本棚にある本がどれもわたしの過去、現在、未来とつながっているのが好ましい。本棚の整理を始めたときから、五〇〇という数字が頭に浮かんでいた。五〇〇冊でもいいし、五〇〇冊より多くても少なくてもいいけれど、どうしても必要な本だけを手元に置いて暮らすのがいいように思えた。

ほんの少し前まで、日本の有名な蔵書家、立花隆の「ネコビル」（この一棟のビルに本が二〇万冊以上あるという）に心を奪われ、ビルとまではいかなくても、本棚を二重、三重に張り巡らせた巨大な部屋を持ちたいと熱望していた。どういう本を思い浮かべてもそれが自分の部屋にあるなんて、どんなに素敵なことか。毎日部屋に入るたびに、本屋さんに足を踏み入れるような気分になるのだろう。

そんな欲望を捨てたのは、蔵書家たちの書いた本を何冊か読んだあとだ。読んでいるときはおもしろかったのだが、読み終わってみると、やっぱりこんなふうには暮らせないなと感じた。「本を買う楽しさ」にはわたしも毎回抗《あらが》えずにいるが、蔵書家たちは、楽しさを感じるところから二、三歩先のすさまじい境地に達していた。伊達《だて》に「蔵書の苦しみ」というタイトルをつけたわけでないのは明らかだった。

『蔵書の苦しみ』(岡崎武志著)に登場する蔵書家たちは、半分(あるいはそれ以上)何かに取り憑《つ》かれたように連日、本を買い漁《あさ》っていて、部屋が足の踏み場もない状態だったり、ひどい場合、本の重さで床が抜けたりしていた。本一万冊で古書店が開けるというが、この本の著者、岡崎武志の家には二万冊から三万冊の本があるという。本で紹介されているある蔵書家は、自宅にある本は三万冊くらいだと思っていたのに、実は一三万冊だったと苦笑いしていた。

著者自身は本を踏んで歩くようなありさまだが、彼の提示するもっとも理想的な蔵書の冊数は五〇〇冊だ。『蔵書の苦しみ』には、ある文学研究家の「時に応じて、自在にページをひるがえすことができる本が、五、六百冊もあれば十分、その内訳が少しずつ変ってゆくというのが、いわゆる完全な読書人」との言葉が引用されている。ここで重要なのは、五〇〇、六〇〇という数字ではなく、読んだ本の中から愛読書だけを選んで本棚に並べる真心であり、また、愛読書リストを更新するために持続的に本を読むことだ。何度も読み返してきた愛読書数百冊の背表紙が整然と並んでいる部屋。そんな部屋を想像しながら、わたしは蔵書家という夢をすっぱりと諦めた。

本棚の整理を終えた。段ボール一〇箱は外に出した。その後数カ月のうちに、また少しずつ本が増えている。どうしても必要な本だけを買おうと心に誓っていても、オンライン書店の「購入」ボタンを押すときは、どれもこれも必要な本に見えてくる。だから、なおさら意図的に、五〇〇という数字を意識するようにしている。五〇〇は一つの象徴だ。積んでおくことより減らしていくこと。買うことより読むこと。自分だけの愛読書リストを生涯にわたって作成すること。いくら良い本でも、読みもしない本をむやみに積み上げて暮らしたくはない。わたしは、本を積んでおくより読むほうが好きだ。

46

斧のような本を読む

スー・クレボルドの『息子が殺人犯になった：コロンバイン高校銃乱射事件・加害生徒の母の告白』を読みながら、何度も読むのをやめたくなった。最初の三段落を読んでいるときから涙があふれ、序盤だけで何度泣いたかわからない。一九九九年、米国を衝撃に陥れたコロンバイン高校銃乱射事件。生徒二人が銃を乱射して一三人を殺害、二四人にけがを負わせた。著者のスー・クレボルドは、加害者の一人、ディラン・クレボルドの母親だ。

事件当時、世界じゅうの人々が二人の加害者を「怪物」と呼び、彼らの両親を、わが子を怪物にした虐待者だと責め立てた。だが、スー・クレボルドによると、ディランは、暴力的な傾向があるどころか、心優しく思いやりあふれる子どもだった。夫婦はそんなわが子を「サンシャイン・ボーイ」と呼んでいたという。スー・クレボルドは、自身と夫トムも、世間で言われているのとは違い、わが子に愛情を注ぐ平凡な親だったと述べている。事件から一六年、彼女は、わたしたちがけっして知りたくなかった事実を教えてくれる。どんな平凡な親でも加害者の親になり得る、という事実を。

「この本は闇だ」「彼女の話は読むのが苦しい」「親としてこの本を読むのは非常につらいことだ」「あまりに恐ろしい話で逃げ出したくなるかもしれない」。いずれも本の推薦文だ。ならば、それほどむごい話を、わたしたちはなぜ読まなければならないのか？　銃を手にした子ども二人は実際には怪物でなかったことを、彼らの親がわが子を愛していなかったというのは事実でないことを、わたしたちはなぜ知らなければならないのか？　誰でも加害者に、あるいは加害者の親になり得るという事実を、わたしたちはなぜ記憶しておかねばならないのか？　わたしの答えはこうだ。それが真実だから。

苦しい本を読んで楽しいはずがない。それでも逃げ出してはならない理由は、世の多くの真実というのはそのように不快で、苦しいものだからだ。楽に手に入れられる確信は、自己啓発書の言うところの「成功」には必要かもしれないが、真実とはかけ離れている。それゆえわたしたちには、苦しみに耐える力が必要なのだ。

「苦しみを避けないようにしよう」。わたしはこの文章をたびたび心に刻む。気楽で安全なほうばかり選びがちな自分の性格にブレーキをかける、わたしなりの方法だ。これまでの安易な偏見や陳腐な解釈を打ち破ることは確かに大変だが、わたしを成長させ、自己欺瞞《ぎまん》に陥らないようにしてくれるはずだと信じる。それはカフカの言葉のように、自分自身を「目覚めさせ」、自分の内面に「斧《おの》」を突きつけることでもある。

「本というのはそもそも、われわれの中にある凍てついた海を打ち砕く斧でなければならないのだ」。フランツ・カフカのこの文章はしばしば引用される。「斧」という恐ろしげな言葉が使われているが、読書の本質をついていることから、よく引用されるのだろう。この一文を含む全体の文章でカフカが言わんとしたのは、わたしたちは本を読むときに、もっと苦しい思いをしなければならないということだ。カフカは、友人オスカー・ポラックへの手紙で次のように述べている。

ぼくが思うに、本は、読む人のことを思いきり嚙んだり、執拗《しつよう》に刺したりするものだけを読むべきなのだ。本が、拳でガツンと頭を殴ってぼくらを目覚めさせてくれるのでなければ、いったい何のためにその本を読むというのか？　君が手紙に書いていたように、ぼくらが幸せになるために読むのか？　とんでもない。かりに本が一冊もなかったとしてもぼくらは幸せになれるはずだ。それに、ぼくらを幸せにしてくれる本が必要なら、自分で書くことだってできる。そうではなく、ぼくらに必要なのはこういう本であるはずだ。ぼくらをひどく苦しめる不幸のような、自分自身より激しく愛していた人の死のような、人里離れた森の中に追放されたような、みずから命を絶つような、そんな感覚を味わわせてくれる本が必要なんだ。

気だるい夢の中で漠然とした幸せだけを追いつづけている限り、わたしたちは真実も、現実も見ることができない。

47

関心の向かう本を読む

「わたしにとって読書とは、単に作家の考えを学びとるのではなく作家と共に世界じゅうを旅する行為だ」

アンドレ・ジッド

作家として生きることを夢見つつ習作を始めて三年目となった昨年の夏。じっと座っているだけで汗が流れてきたその夏のあいだ、筆はほとんど進まなかった。朝起きると「今日は何か書こう」と決意はするのだが、いざ机に向かうとただボーッとしているだけ、という日が続いた。思うように手が動いてくれない日々に疲れてきていたころ、妙案を一つ思いついた。書けないのなら、それに似た（？）ことでもしよう！　その日から、書いているつもりで、ライティング関連の本を読みはじめた。

読んだことのある本と新たに購入した本を机やベッドに積んでおき、順に読んでいった。知りたいことは一つや二つではなかった。優れた作家たちもわたしのように、書きたくないと駄々をこねたりしたのだろうか？　自分の書いたものに不満を抱いただろうか？　生まれつき才能があったのだろうか？　彼らの目にも、作家として生きていきたいというわたしが無謀に見えるだろうか？　わたしは数十冊の本を読みながら自分なりの答えを見つけ、やがてわたしの関心は、書くことだけでなく芸術家の人生にまで広がっていった。「無」から何かを創り出す人は作家だけではないはずだと。

今年初めには、イラストレーターの安西水丸のことを知った。世間では村上春樹の本の装丁で有名だが、安西の仲間内では、彼のおかげで村上春樹が文学者としてさらに成長したと考えられているほど優れたイラストレーターだ。彼の急逝後に制作されたムック『安西水丸：青山の空の下』には、絵に対する彼の独特の姿勢が随所ににじみ出ていた。なかでも彼の知人〔南伸坊氏〕の話が記憶に残っている。

水丸さんは、自分が「いいなァ」と思う絵を、「いいなァ」と思えるまで描いて、「いいなァ」と思えたところで仕上げていたんです。いつも、そのようにしていたんだと思います。「人々をおどろかそう」とか「世間をあっといわそう」とか「ちょっと泣かしてやれ」とか「思いっきり笑わそう」とか、そういうことじゃなく。自分が「いいなァ」と自信を持てた絵を描いた。（……）自信を持って出す。これがいちばん絵の説得力になるんだなと、私は思いました。

外部の目ではなく自分の感覚と実力を信じる、自信あふれる態度。それを手に入れるために安西水丸が過ごした時間の量を思いながら、わたしは、今自分にもそういう態度が必要なのだと知った。昨夏、思うように書けなかったのは、自分が書けないという事実をみんなに気づかれるのではないかという不安のせいだった。でも、不安だからと逃げるのではなく、わたしがすべきなのは、安西の言葉のように「現時点で最高の出来」に到達するために努力すること以外にないはずだ。

昨夏読んでいた本から今年初めに読んだ『安西水丸：青山の空の下』までは、純粋に自分の関心の向いていた本だった。関心のある本なので、文章がおのずと目に飛び込んでくる。作家や芸術家の話がまるで自分の話であるかのように心に深く刻まれ、一冊の本を読み終えると、磁石に吸い寄せられるように次の本へと手が伸びる。ここで、あなたに聞いてみたい。今、あなたの関心はどこへ向かっていますか？

今自分が一番関心を持っていることは何か。退職？　移民？　人工知能？　わたしを捨てていったあの人？　あれこれ考えすぎる自分自身？　わたしに共感してくれない配偶者？　自尊感情の低い自分？　歴史ドラマで見たあの王様？　ジェーン・オースティン？　ユヴァル・ノア・ハラリ？　フェミニズム？

あるいは、こんなことはないだろうか？　眠れない日が続き、誰かを憎むあまり心が荒《すさ》み、朝起きるとひとりでに涙が出る。愛することがこの世で一番難しいと感じ、ここではないどこか別のところばかりを夢見て生きている。小さな工房を構えたい、一人出版社を立ち上げたい、ささやかな日常に楽しみを見いだしたい、と思っている。

そういう気持ちをわかってくれる本たちが、書店のどこか片隅でわたしたちを待っている。特に、あなたを。

48

関心を超える本を読む

以前、現代経営学の創始者と呼ばれるピーター・ドラッカーの本を何冊か読んだ。父が深く感銘を受けたらしく、本にチェックまでして有無を言わさず押し付けてきたのだ。気が進まないながらもしぶしぶ読みはじめたのだが、なんと、なんと！　おもしろいはずがないと思っていた経営学の本が、予想外に興味深いではないか。話の内容はほとんど理解できなかったが、論理的な流れがしっかりしていて、読む楽しさを存分に味わうことができた。結局、彼の自叙伝まで買って読んだほどだ。

その自叙伝『傍観者の時代』を読みながら、彼の筆力のみならず柔軟な視線にも驚かされた。一つのテーマにのめり込む人特有の頑固さが、彼にはない。自分自身を空《から》にし、軽やかな心で世の中や他人を受け入れている感じがした。優れた経営学者だが、経営学だけを通して経営学を見ていないところも独特だと思った。

ピーター・ドラッカーは並外れた勉強マニアだった。三、四年周期でテーマを変えながら、それぞれのテーマについて深く学んできたという。世界的な経営学者にそんな時間がどこにあったのかと思うほど、勉強のテーマも多様だった。統計学、中世の歴史、日本美術、経済学などなど。脱線しながら関心事を広げていくにつれ、彼の洞察力はどんどん鋭くなっていった。新たな分野から得た新たな視線で、以前とは違うふうに世界を見た。彼が、単なる経営学者ではなく「経営学の師」と呼ばれていた理由は、そのような洞察力にあったのではないだろうか。

わたしがピーター・ドラッカーから学んだのは、「時にはAという問題から離れてこそAを解決することができる」ということだ。言い換えれば、わたしに絡みついている問題の中には、わたしが自分自身と距離を置いてこそ解決できるものもある、ということだ。よって、今の自分の生活と何の関係もなさそうな対象に関心を寄せることは、それ自体が非常に有益な行動だと言える。『The Faraway Nearby』（日本語直訳『近くて遠い場所』）で著者レベッカ・ソルニットは、そのことを次のように見事に表現している。

自我に深く潜り込んでいくこと、そうやって地中に入っていくことも時には必要だが、それとは逆向きに、自分自身から離れること――自分だけの事情や問題を胸に抱え込んでいる必要のない広々と開けた場所へと、もっと大きな世界へと出ていくこと――も同様に必要だ。内向きと外向きのどちらへも進んでいける能力が重要ということだ。時には外へ、もしくは垣根の向こう側へ出ていくことによって、抱え込んでいた問題の核心へのアプローチが始まることもある。

自分という垣根を果敢に飛び越え、より広い世界へと逃げていくこと(時には逃げたっていい)。到着した世界では自分を忘れ、自分の問題もすっかり忘れてしまうこと(時には忘れたっていい)。そして、新たな世界で出合った未知の対象と深く関わること。やがてまた戻ってくること。垣根を行き来する行為によって、わたしたちは自分自身の人生に、より幅広く対処できるようになるだろう。

実際、いつでも空間的な垣根を取っ払って外に出ていくことができたらどんなにいいだろう。でもそういうわけにはいかないので、わたしたちは本を読む。本を通して自分から離れ、文章で築かれた広い世界へと駆け出していくのだ。再び元の場所に戻ってきたとき、必ずしもその手に多くのものが握られている必要はない。わずかに感覚の変化があるだけでも、昨日とは少し違う今日と出合えるはずだから。

本を読む人がとても非現実的に見えることがある。それは、その人がまさに垣根の向こう側に出ていっているからかもしれない。常に現実的であるだけが賢明な態度ではないと考えながら、また、現実を解決するために現実から離れる必要もあることを認識しながら、新たな視線を獲得しているところかもしれない。

49

絶望を克服する読書

「読書はわたしにとって余興であり、休息であり、癒やしであり、わたしのささやかな自殺なのです。世の中に耐えられないときは、本を手に取り、丸くなって横たわるのです」

ジョナサン・コット
『スーザン・ソンタグの「ローリング・ストーン」インタヴュー』

小学生から高校生まで勉強を教えている友人がこんな話を聞かせてくれた。「子どもたちに勉強のモチベーションを上げさせるのも一苦労。高校で全校一〇位に入る子たちが集まったらどんな話をしてると思う？　自分はドイツに移住するから、おまえはオランダに行けよ、おまえはどこそこに行ってさ。そんなこと話してるんだから。勉強ができてもできなくても、韓国では幸せになれないだろうって、あの子たち、そう考えてる」

同じような話を聞いたことがある。全校一〇位に入る子たちより一〇歳上の二〇代後半の人から。二六歳の彼は同窓会に参加したという。「その日、僕たちがどんな話をしたと思います？みんなで海外に移住しようって話ですよ。韓国ではまったく希望が持てないから。正社員になった子たちも不安なのは同じです」。チャン・ガンミョンの『韓国が嫌いで』で、主人公ケナもオーストラリアへの移住を決心する。

名門大を出たわけでもないし、家もめちゃくちゃ貧乏。それに、キム・テヒみたいに容姿端麗でもない。わたし、このまま韓国に住みつづけたら、いずれは、地下鉄の中を回って古新聞を拾い集めることになる。

もっと上の世代も状況はそう変わらない。友人の知人、姉の友人、姉の夫の友人たちのあいだで、海外に移住する計画があるか、すでに移住したという話はよく耳にする。とりわけ競争が苦手なある友人は、お金を稼ぐ理由が海外移住だという。何歳になろうとお金さえ貯まったら、もっと人間らしく暮らせる国に行きたいと口癖のように言っている。少し前には知人が、急にベトナムに移住することになったと連絡してきた。うまく定着できるかどうか、行く前から悩まないことにしたのだと。

『韓国が嫌いで』でケナは「未来を恐れていては幸せになれない」と言う。わたしも同じような経験がある。一時期わたしは、スウェーデンに移住することばかり考えていた。行きたいからといって行けるものでないことくらいはよくわかっているが、昨日は平気だったのに今日は悶々《もんもん》とする、そんなメンタルのときは、スウェーデンの大学の情報を物色した。住む都市や大学まで設定し、大学の紹介文を読んだり広報動画を観たりした。そうしていると気持ちが少し落ち着いた。夢でも見ないことには、現実がもたらす無力感に打ち勝つことができなかった。

「希望ゼロ」の状態で、絶望と諦めのあいだを行ったり来たりする人生。社会に押しつけられた絶望を抱きかかえ、ただひたすら耐えねばならない人生。未来を楽観視することが「世間各自が努力して見つけ出さない限り、憂鬱しか残らない人生。笑ったり楽しんだりできる何かを知らず」な態度とされてしまう人生。最悪の事態をあらかじめ考えておくのが賢明な態度とされる人生。朝から疲れている人生。いつからか、わたしたちはそんな人生を生きている。

社会が絶望的になるほど、わたしはよく泣いた。悲しくて泣き、感動して泣いた。不思議なことに、以前より些細なことで感動できる人間になった。緑藻で埋め尽くされた水面のように暗闇に覆われて先が見えない日々のなかでも、そこここからかすかな光が差し込むたびに目をこすった。そうするのが当たり前のように、希望を抱くための根拠を探し歩いた。希望の文章をかき集めた。希望の場面を目に刻んだ。まだこの世は完全に暗闇で覆われたわけではないと自分を慰めるのに、多くの時間を費やした。

キム・グミは、著書『あまりにも真昼の恋愛』の「作家のことば」〔原書のみに掲載〕で問う。「『悪い状態』で最善を尽くして今日を守ること、それは弱さなのだろうか。ならば、そんな一日の重さは正当なのか」。わたしはキム・グミの言葉に共感した。わたしも「悪い状態」をやり過ごす方法として「弱さ」を選択したから。わたしは、責められるべきは自分の「弱さ」ではなく「一日の重さ」だと考えることにした。今日を生きるため、今日を守るために、叶わぬ夢を見てみたり、やっと見つけた小さな希望にすがったりしながら生きることにした。年甲斐《がい》もないと思われても、もっと感動し、もっと泣くことにした。絶望より希望のほうが大きくなる未来を待ちながら。

以下は、希望を持ちたいときにわたしがよく思い浮かべる文章だ。

地獄から抜け出す方法には二種類あります。一つ目の方法は、多くの人が簡単にできるものです。すなわち、地獄を受け入れ、その地獄が目に入らなくなるくらい地獄の一部と化すことです。二つ目の方法は、危険で、注意を払いながら学びつづけなければならないものです。すなわち、地獄のただ中にありながら地獄に生きていない人や地獄でない物を見つけようとし、それを識別し、持続させ、それらに空間を与えることです。

――イタロ・カルヴィーノ、『マルコ・ポーロの見えない都市』

50

難しい本を読む

難度を少しずつ上げていく読書を好んできた。並外れて難しい本を読むこともたまにはあるけれど、わたしは、ウンウンうなりながらではなく、「ふむふむ」と思いながら読むほうが好きだ。難しい本でも「少しだけ難しい」のがいい。

そういうわたしの姿勢に問いを投げかけてくれた人がいる。シンガーソングライターで、文筆活動もしているイ・ホソクだ。アルバム「二番手の哲学」の歌詞が実に真摯で哲学的であるうえ、哲学書を愛読しサルトルが好きだというので、きっと幼いころから相当な量の本を読んできたのだろうと思っていた。ところが、本格的に本を読むようになったのはここ数年のことだという。たった数年で、どうしてそんな難しい本を読むようになったのか聞いてみたところ、興味深い答えが返ってきた。

「歌詞を書いていて、本を読まないといけないなと感じたんです。でも、読むことにあまりにも慣れていないものだから、簡単だと言われる本を読んでも、難しいと言われる本を読んでも、苦労するという点では同じだろうなと。だから、何も考えず、ニーチェの『ツァラトゥストラかく語りき』を読みはじめたんです。当然、内容はまったく理解できません。日常的に本を読む人なら誰でもその程度の本は読んでいるものと思っていたので、自分だけが理解できないんだなと、すごく傷つきました。だから読みつづけたんです。理解できようが、できまいが。サルトルの本は、まず解説本から読みました。それを読んで実存主義がとても気に入ったので、サルトルの書いた本も、また手当たり次第に読みはじめたんです。やっぱり最初はあまり理解できませんでしたが、続けて読んでいるうちにだんだん理解できるようになりました」

そんなふうに読むこともできるんだな、と思った。わたしが自分の水準を慎重に見極めながら徐々にレベルアップしていくタイプだとすると、彼は自分自身を軽々と飛び越えて果敢に攻めていくタイプに思えた。おそらく彼は本を読むとき、一文一文を噛みしめながら読んでいたのだろう。一日にたった数ページしか進まない日が続いたのだろうし、最後まで読んでも、読んだ内容がさっぱり理解できず、また最初から読み直すことになったのだろう。退屈で、つまらない読書だったかもしれない。けれど、そうやって読みつづけているうちに、いつしか理解に達したのだ。

なかなか理解できず敬遠しがちな難しい本に向き合う、魅力的な例だ。最初から多くを理解しようという欲やプレッシャーを捨て、まずは、多少漠然とした態度でもいいから一度読んでみること。本を読む楽しさはしばらくお預けにして、一日に数ページでもいいから読み進めること。「その作家の本を一度読んでみたいと思っていた」から、何を言っているのかは理解できなくても「その作家の本を読んでいる」の段階へと進んでいくこと。理解できないなりに、ひたすら読みつづけること。果てしなく感じられても、退屈なその時間を耐えること。もっとも大切なのは、繰り返し読むこと。

そうやって読んでいればわたしたちもいつかは、イ・ホソクのように自然と理解できるようになるのだろうか。日本の思想家、内田樹ならきっと「理解できるようになります」と答えるだろう。彼は雑誌「민들레《ミンドゥルレ》」（日本語直訳「タンポポ」（韓国の出版社ミンドゥルレの隔月刊誌））で、そういう読み方を「身体で読む」と表現している。

わたしは哲学者エマニュエル・レヴィナスの著書を翻訳していますが、初めて彼の本を読んだときは、あまりにも難解で何を言っているのかさっぱりわかりませんでした。（……）まったく理解できないまま二週間ほど読みつづけていると、不思議なことに、次にどんな文章がくるかわかるようになったのです。あるいは、「この文章は否定疑問文で終わるのではないだろうか」「そろそろ句点がきて文章が終わるころじゃないかな」といったように、呼吸が感じられるようになりました。レヴィナスが息を吸い込むとき、わたしにはそのタイミングがわかりました。やがて、その呼吸を感じながら、彼が力を入れて述べている部分がだんだんわかるようになってきたのです。

——「민들레」一一一号、「学校で教えてくれない三つのこと」

どんなに難解な本でも繰り返し読んでいれば、まず身体が反応するようになる、と彼は言う。やがて、書かれていることの意味が頭でも理解できる瞬間が訪れる、と。彼はまるで、テキストの身体がわたしたちの身体と出合うと、そのテキストがわたしたちの身体を巡り巡って最終的に頭にたどり着き、そこに落ち着く、と言っているかのようだ。なぜ身体が先に反応するのか、内田樹も説明はできなかったけれど、そんなことはどうでもいい。実際にわたしたちの身体でそういうことが起こっているという事実が重要なのだ。難しい本を読むときは、身体を信じて愚直に読んでいくこと。この方法を活用すれば、読めない本などないはずだ。

51

自分を守るための読書

「なぜ本を読むのかと誰かに聞かれたら、こう答えるだろう。『つらいからです。本を読むと、つらいのがマシになるんです』」

チョン・ヒジン『정희진처럼 읽기 : 내 몸이 한 권의 책을 통과할 때』

（日本語直訳『チョン・ヒジンのように読む：わたしの身体が一冊の本を通過するとき』）

映画「デタッチメント 優しい無関心」は、アメリカの教育の現実を告発する体をとりながら、個人の不安や孤独を描いている。自分も傷ついている人間なのに、そんな自分がどうやって他人の人生を救えるというのか。エイドリアン・ブロディ演じるヘンリーは教師だが、ある意味、生徒たちより救いを必要としている人間かもしれない。映画では、誰一人として安全でも、幸せでもない。それでもこの映画が希望を感じさせるのは、かろうじて捉えられた刹那ゆえだ。孤独な個人たちが互いを守ろうと声をかけ、手を差し伸べる瞬間。

たかだか十数年生きただけで早くも人生に絶望してしまった生徒たちにヘンリーは、懇願するような口調で、頼むから本を読んでくれ、と言う。一日に何十回と目にする広告画像は「幸せ」を誤解させる。幸せになるには美しくなければならない、スリムでなければならない、有名でなければならない、流行に乗らなければならない、自分が本来愛すべき対象を憎まなければならない、と訴えてくるのだ。ヘンリーは、そんなふうに自分たちの思考を鈍らせるものと闘って自分たち自身を守る必要がある、と言う。各自の幸せは、各自の想像力や意識、信念を通して発現するものであり、それを読書が助けてくれるのだと。

ヘンリーの声に切実さを感じながら、わたしはオーストリアの哲学者イヴァン・イリイチを思い浮かべていた。イリイチの著書『The Right to Useful Unemployment』(日本語直訳『有用な失業状態の権利』)を最初から最後まで誰かが朗読するとしたらエイドリアン・ブロディをおいてほかにいないと思えるほど、映画の中の人物と本の中のメッセージとがわたしの中で重なった。イヴァン・イリイチは著書で、際限なく生み出される商品やメディアの横暴さに憤ると同時に、やるせなさを吐露している。

ひどくつまらない、騒々しいメディアが、コミュニティーや町、会社、学校の奥深くまで入り込んでわたしたちの生活を侵す。型どおりの台本を朗読、編集して作った声が日常の言葉を歪《ゆが》ませ、わたしたちの言葉は、取り繕ったメッセージを伝えるための部品に成り下がる。いまや、芸能人や政治家、塾の講師の言葉ではなく「人間」の言葉が聞ける場所で子どもを育てるには、二つの選択肢しかなさそうだ。世の中と断絶し、孤立して生きるか、あるいは状況が許すなら、子どもを中退させて家庭できめ細かな教育を施すか、だ。

イリイチは、人間のあらゆる行為が商品に従属し、わたしたちの人生が没収されていくさまを直視する。春の野に咲き乱れる花のように多様な美しさを持つ個々人の人生が商品によって標準化され、もはや誰が誰だか区別がつかないありさまだと危惧する。そういう社会で個人が自分の人生に満足するのは容易ではない。

自分を守る、自分を保護する読書が必要な理由がここにある。商品を積み上げるのではなく、世の中を理解する知識を積み上げるために。メディアの提案してくる幸せではなく、自分の望む幸せを追求するために。孤独なとき、マートではなく友人の家へと向かうために。安定感に飢えているとき、豪華な家を夢見るのではなく、今ここでシンプルな生活を営むために。自分の不安の根源をみずからたどっていくために。自分の選択をする際に自分の気持ちを蔑《ないがし》ろにしないために。自分の中の欲望を理解し、それを解消する方法を自分で見つけるために。そのために、わたしたちは本を読まねばならないのだ。

メディアの生み出すストーリーは、どうしようもなく誘惑的だ。強烈なイメージはしつこくわたしたちにまとわりつき、思考や行動を掌握する。自分ではないほかの誰かの利益を代弁するメディアに対抗できるよう、わたしたちみんなが自分の中に「物語の自販機」を一つずつ持つといいと思う。自分を力づけてくれる物語がどっさり入っている奇跡の自販機を。必要なときに心のスイッチを押して物語を一つずつ再生するのだ。

個性のない、ただ豪華なだけの誰かの家で剝奪感を覚えたときは、素朴な暮らしのなかで、生きる喜びを味わった『Living the Good Life: How to Live Sanely and Simply in a Troubled World』(日本語直訳『良い人生を送る：問題を抱えた世界で健全かつシンプルに生きる方法』)の共著者スコット・ニアリングとヘレン・ニアリング夫妻の物語を再生する。成功への俗物的な視線に疲れつつあるときは、常識外れのやり方ながらも好きなことに向かって突き進んでいった『月と六ペンス』(サマセット・モーム著)のストリックランドの物語を再生する。他人の欲望に欲望するよう煽《あお》る広告に、腹が立ちながらも振り回されてしまうときは、人からどう見られるかより、何を考えながら生きるかのほうが大事だと教えてくれる『アンナ・カレーニナ』のリョーヴィンの物語を再生する。わたしは、読書とは自分を守るために物語を集める行為だと思う。

52

最近、どんな本を読んでいますか?

身近な人たちに、最近どんな本を読んでいるのか、本を読んでどんなことを考えたのか聞いてみた。唐突な質問にも、みんな面倒がらず丁寧に答えてくれた。すぐに返事をくれた友人もいれば、考える時間が必要だと言って数日経ってから答えてくれた知人もいる。続々と届く返事を順にまとめていった。そうやって集めた、わたしの「最側近」たちの回答は……。

Uは、一番長い回答を送ってくれたにもかかわらず、「気遣い王」らしく、あまり役に立てなくて申し訳ないと言っていた。Uが最近読んだ本は、アラン・ド・ボトンの『The Course of Love』(日本語直訳『愛の行方』)だという。「最近、二人の子の母としての『わたし』だけじゃなく一人の人間としての『わたし』でもありたいっていう欲望が、自分の中にある。わたしは昔も今も『わたし』なのに、なんだか自分がなくなってしまったみたいでつらかった。そんなことを考えるのは責任感がないからかなって、申し訳ない気持ちになったりもして。でも、この本を読みながら、そんな感情が全部文章で表現されているように思えて、気持ちがスッキりした。そんなふうに思うのは自分だけじゃないんだっていう安堵感。まさに、共感してもらえた気分だった」

子どもが三人いて、月に一度読書会を開いている友人Jは、『82年生まれ、キム・ジヨン』（チョ・ナムジュ著）を読んだという。「自分が当たり前のようにやってきたことを、一歩離れたところから見るようになった。女だからっていう理由でやらされていたことが本当にたくさんあるのがわかった。自分でも知らないうちに内面化されていて、実際、もう何が何だかわからないくらい。女なのに、女の人生について何もわかっていなかったんだなって思った」

いつも悩める人生を送っているKは、アントン・チェーホフの『犬を連れた奥さん』を読んで、こんなことを考えたという。「この短編集には、人間群像の不安とか歪みが赤裸々に現れている。登場人物たちを見守っているうちに、自分の人生を過度に美化する必要も、過剰に否定する必要もないんだなって思えた。こうやって多様な人たちが暮らしているのが世界なんだってあらためて気づいて、じゃあ自分はこの世界でどんなふうに生きていけばいいんだろうって、最近はそんなことを考えてる」

祭祀《さいし》の準備で忙しかったJは、本人に代わって夫が回答を送ってくれた。低い声で冗談を言うのが好きな彼は、キム・ホドンの『아틀라스 중앙유라시아사』（日本語直訳『アトラス 中央ユーラシア史』）を読んで良いと思った理由として「地球上を移動しつづけた人たちが昔もいたことを教えてくれ、一カ所にとどまって暮らすことがすべてではないと気づかせてくれた

点」を挙げていた。

ドキュメンタリー監督のMは、最近『チェルノブイリの祈り：未来の物語』（スヴェトラーナ・アレクシエーヴィチ著）を読んだという。「目を背けたくなるほどひどい状況で、知らなかった事実がたくさんあって驚きました。自分さえ気楽に暮らせればそれでいいと、きちんと向き合おうとする努力すらしていなかったなと反省もしましたし。こういう声を命がけで収集、記録して世に出した著者スヴェトラーナ・アレクシエーヴィチにも尊敬の念を抱きました。誰かの声をきちんと伝えるというのはどういうことか、考えさせられた本です」

会うたびにちょっとしたプレゼントをくれるCは、キム・ソンジュの『이별에도 예의가 필요하다』（日本語直訳『別れにも礼儀が必要だ』）を読んだという。「この本を読んで、ちゃんと反省できる大人の苦言が身にしみました。この世界の物質万能主義を人のせいにする前に、自分の心を振り返ってみなければと思いました。人間が身につけるべき最低限の徳目が『恥』であることも、あらためて学びました」

仕事を辞め、しばらく済州島《チェジュド》で暮らすことにしたCは、ジャン゠ジャック・サンペの『Sincères amitiés』（日本語直訳『誠実な友情』）が良かったという。「友情は愛よりも難しく、面倒で、非常に繊細で、微妙なものなので、関心を寄せながらも距離も置かねばならない、というメッセージが、含蓄があるなあと思いました。人と付き合うのが難しいと感じるのは自分だけではないんだ、誰もが、思い悩みながらも真の友情をこんなにも渇望しているんだと理解できるようになりました」

さり気なくおもしろいことをよく言うSは、ポール・カラニシの『いま、希望を語ろう：末期がんの若き医師が家族と見つけた「生きる意味」』を読んで感じたことを教えてくれた。「みんな、永遠に命があるかのように生きているけど、実は、死と隣り合わせでしょ。人一倍情熱的に生きていた著者にも死が訪れたわけで。でも、死に向かっていく過程が普通の人とは違っていた。自分が何を望み、何を大事にしているかがちゃんとわかっていたからこそ最後まで情熱的でいられた、というか。著者の姿勢を見ていて、死の瞬間が訪れたときに良い人生だったと言えるようにするにはどう生きるべきか、考えるようになった」

わたしの知る限りもっとも勇気ある生き方をしているJは詩も書く人で、この本が詩作にとても役立ったという。「『김상욱의 과학공부』（日本語直訳『キム・サンウクの科学の勉強』、キム・サンウク著）にこう書いてあったんですよ。わたしたちは普通、シェークスピアやソクラテスは常識と考えるけれど、科学の発見は常識とは考えない、って。この本は、わたしみたいに人文の分野にしか関心のなかった人が基礎科学の知識を学んでいくのにぴったりだと思います」

一年間の育児休暇を終えて間もなく職場に復帰するUは、僧侶で作家の法輪《ポムニュン》が書いた『엄마 수업：법륜 스님이 들려주는 우리 아이 지혜롭게 키우는 법』（日本語直訳『お母さんの授業：法輪僧侶が教えてくれる、わが子を上手に育てる方法』）を読んで、母親としての心構えを

学ぶことができたという。

身体は痩せていっているのに仕事がとても楽しいと言うKは、以前、大きな支えになってくれた孔枝泳《コンジヨン》の『빗방울처럼 나는 혼자였다』（日本語直訳『雨粒のようにわたしは一人だった』）が頭に浮かんだという。「アメリカのサンディエゴに出張に行ったとき、身体よりも精神的にきつかった。孤独で。そのとき、この本が淡々と語りかけてくれる話に、わたしは慰められた」

家族にも聞いてみた。姉は、本好きの友人に借りた米原万里の『嘘つきアーニャの真っ赤な真実』について教えてくれた。「共産主義政権下で暮らしていた人々の物語を描いた本。日本人の著者が三〇年前の友人三人を訪ねていくんだけど、三人とも親は共産主義者。わたしは特にルーマニア人のアーニャにすごくイライラした。口では、みんな平等に幸せに暮らす共産主義を叫びながら、実際にはブルジョアの生活をしてるんだから。自分の言ってることとやってることのギャップに全然気づかない。身体じゅうの感覚器官にフタをして自分の見たいものだけを見て生きてる人の最後が不幸せだったらいいのに、って思った」。姉によると、姉の夫は、最近読んだ本ではないけれど、塩野七生の『ローマ人の物語』シリーズがおもしろかったとのこと。理由は？「戦闘シーンがリアルだから」

母がこのところ夢中になって読んでいる本は、イ・グァンシクの『잠 안 오는 밤에 읽는 우주 토픽：이보다 재미있는 〝천문학〟은 없었다』（日本語直訳『眠れない夜に読む宇宙のトピック：これほどおもしろい「天文学」はなかった』）だ。わたしの顔を見るたびに本の内容を逐

一説明してくれていた母は、本のどの部分が印象的かという問いには、比較的あっさり答えた。「水素を除いて、わたしたちの身体を構成しているすべての元素は、星が爆発したときに作られたものなんだって。石も、木の葉も、鳥もそう。わたしたちが目にするすべてのものは星の一部ってこと。素敵じゃない？」父は先日、忠清南《チュンチョンナム》道《ド》扶余《プヨ》郡にある申東曄《シンドンヨプ》（扶余出身の詩人。一九三〇〜六九）記念館に行ってきたのだが、その旅から戻ったあと『신동엽 전집』（日本語直訳『申東曄全集』）をあらためて開いてみたという。感想はこうだ。「詩人の申東曄は、詩『脱殻は立ち去れ』で、この社会に蔓延《まんえん》している虚飾や虚偽が消え、純粋な学びと純潔さだけが残ることを切に願っていた。この詩を読みながら、もう六〇代も半ばを過ぎたわたしは、果たしてこれまで、見栄や虚飾を捨てて、実りある真の人生を生きてきただろうかと振り返ってみた」

最後に回答を送ってきたのはHだった。わたしの質問を受けてHは、ホロコーストの生還者であり化学者、作家でもあったプリーモ・レーヴィのことが頭に浮かび、数日間彼のことを考えながら「なぜ自分はプリーモ・レーヴィに長らく没頭していたのか」を自問したという。一時期、所有するすべてのアカウントのパスワードをプリーモ・レーヴィの囚人番号174517にしていたので、パスワードを入力するたびに彼を思わずにはいられなかったというHは、こう言った。「わたしは、人間やその境遇について、むやみに判断したり、安易に結論づけたり、軽率に口にしたりするのは暴力であるということを、プリーモ・レーヴィを通して学びました。レーヴィほど、人間という複雑な存在を理解しようと熾烈に悩み、省察した人はめったにいない、というわたしの考えは、今も変わっていません。ですから、わたしは実は、プリーモ・レーヴィのすべての本を愛しています。周りの人たちに、もじもじと告白するように薦めたりもしています。ボルムさんの質問を受けて、なかでも『溺れるものと救われるもの』が思い浮かんだのは、彼の遺作だからかもしれません。もし今日また同じ質問を受けたら『周期律』を挙げるかもしれません。こんな調子で揺れ動くわたしを理解……できますか？」

他人のことをけっして軽はずみに口にせず、雰囲気を盛り上げたいときは自虐ギャグを言うHとプリーモ・レーヴィの話は、わたしの中でぴったり重なった。Hが数年間プリーモ・レーヴィに没頭していたように、世の中には、まるで恋に落ちた人間のようにわたしたちを燃え上がらせ、頭から離れなくさせる本がある。心に深く刻まれた本は、日々、わたしたちの中で何度も読まれつづける。

本を読んでどんなことを考えたか、という問いには、相手の心を開かせる力があるようだ。人生に本がプラスされると、わたしたちは実に勇敢に心の扉を開く。自身の孤独や未熟さ、悩みを告白し、独自の価値観や世界観を披露し、内面の不確かさや弱さをそっと打ち明ける。自分の中の奥深くに隠れていた省察の扉が開き、「反省する人間」へと生まれ変わる。だからわたしは「最近どんな映画を観ましたか？」「どんなドラマを観ていますか？」と併せて「最近どんな本を読んでいますか？」という質問もしてみたい。わたしたちが会話を交わすとき、ほんの少しでいいから本も話題に加えてあげたい。わたしの心の扉をあなたの前で開いてみたい。

53

この世から本がなくなったら

「『わたしはその本を夜通し読んだ』とか『わたしはこの本を手にした瞬間、手放せなくなった』とかいう経験は、それゆえ貴重なのだ。わたしたちの人生は、とりわけ青春は、そういう凝縮された経験の連なりに過ぎないのかもしれない」

チャン・ジョンイル『이스트를 넣은 빵』(日本語直訳『イーストを入れたパン』)

レイ・ブラッドベリの『華氏451度』は、本がなくなった世界を描いている。わずかに残った読書家たちは本を地下室や換気扇の中に隠すが、やがて見つかってしまい、家は燃やされ、本人は犯罪者の身となる。小説は、書物を焼き払う仕事をしている〝昇火士〟モンターグが少女クラリスと出会い、覚醒するところから始まる。クラリスは本を読む子どもだ。

この小説を読むと、おのずと想像することになる。この世から本がなくなったらどうなるだろうか。本を書く作家もいなくなるだろう。この世から作家がいなくなるというのは、未来の人類の頭の中に、朴婉緒《パクワンソ》や李清俊《イチョンジュン》、ヴァージニア・ウルフ、ヘミングウェイ、ジョージ・オーウェルといった名前が存在しなくなるということだ。それはすなわち、長い時間をかけて各種資料を調査し、想像もつかないほどの苦悩を抱えながら、手間暇かけて文章を書く人がいなくなるという意味であり、口では伝えきれないひそやかな物語がなくなるということだ。

本がなくなるというのは、朝鮮王朝実録も、教科書も、写真や映像技術が登場する以前の人類の記録も、すべてなくなるということだ。それらのうち、口伝えで後世に語り継がれるのはほんの一部なので、ソクラテスが死の間際まで毅然としていたという事実を知る人はごく少数になるだろう。この世に本が存在しないというのは、新たな発見やアイデアを次の世代に伝えるための努力がなされないのと同じだ。わたしたちの多くは知恵を得ることができず、個人の経験値の中だけで生活することになり、自分が経験した以上のことを想像するのが非常に難しくなるだろう。

インターネット上を行き交う無数の引用文や名言、創意的思考もなくなるだろう。それらのほとんどは、出典が本だからだ。わたしの好きなフェイスブックページ「情熱に油を注ぐ」もコンテンツの大半が本の要約なので、現在のような構成では運営できなくなるだろう。人類は経験から得られる知識のみに頼って生きることになり、各自の経験を互いに共有はするものの解釈の枠組みや洞察が不十分なため断片的な感想しかやり取りできず、話題はもっぱらテレビのバラエティー番組などになるだろう。

アルゼンチンの小説家ホルヘ・ルイス・ボルヘスもそういう生活を想像したことがあったのだろうか。こんなことを述べている。

鳥たちのいない世界なんて想像できないという人がいる。水のない世界なんて想像できないという人がいる。わたしは、本のない世界なんて想像することができない。

ボルヘスの言葉にスーザン・ソンタグはこう応えている。

わたしはあなたの言葉が正しいと確信します。本は単に、わたしたちの夢や記憶を恣意的に寄せ集めたものではありません。また本は、わたしたちに自己超越のモデルを示してくれます。なかには、読書を一種の逃避としか考えない人たちもいます。「現実」の日常的な世界から抜け出し、想像の世界、本の世界へと逃げていく出口だと。本は間違いなく、それ以上のものです。完全な人間になるための道だからです。

――『スーザン・ソンタグの「ローリング・ストーン」インタヴュー』

ボルヘスの言葉に影響を受けたことが明らかなカナダの作家アンドリュー・パイパーは、次のように述べている。

わたしは、本のない世界を想像することはできる。だが「読むこと」のない世界を想像することはできない。

――『Book Was There: Reading in Electronic Times』（日本語直訳『そこに本があった：電子化時代に読むこと』）

アンドリュー・パイパーの文章を読んで、わたしもハッとした。そうだ、本がなくなったら「読者」もいなくなるのだ。それは、わたしのアイデンティティーの一部がなくなるという意味だ。一日に何時間も、鉛筆でアンダーラインを引きながらページをめくり、夢中で読んでいるうちに夜一二時を回っていることに気づいて消灯するわたし。初対面の人を前にすると、この人は本を読む人だろうか、読まない人だろうかと心の中で推察し、もし読む人ならどんな本を読むのだろうと想像しながらも結局本人には聞けず、家に帰ってきてから考えるわたし。知り合って何年にもなる友人よりも同じ本を読んだ人のほうが話がよく通じると感じ、しきりに友人たちに本を薦めるわたし。ぱっとしない自分の生活も本のおかげでそれなりに良くなったと信じ、本を一冊手にしていると世界とつながっているようで安心するわたし。そして、退屈なときや孤独なとき、腹が立っているときや憂鬱なとき、世の中や人間に嫌気がさしたときにわたしの心を立て直してくれた本たち。そういう本なしに、わたしは生きていけるだろうか？

ああ、わたしも本のない世界なんて想像できない。わたしは死ぬまで読者として生きていたい。

訳者あとがき

本書は、読書エッセイ『매일 읽겠습니다』改訂版の全訳である。著者のファン・ボルムさんは、自身初となる長編小説『ようこそ、ヒュナム洞書店へ』(集英社)が二〇二四年本屋大賞翻訳小説部門第一位を受賞したのを機に日本でも名が知られるようになったが、文筆活動を始める前は会社員として働いていた経験がある。大学卒業後、コンピューター工学という専攻を生かして大手電気機器メーカーに就職。日本以上に厳しいと言われる競争社会のなか、誰もがうらやむ大企業に就職できた喜びを噛みしめたが、それも束の間。ソフトウェア開発者として連日残業、休日返上で働かざるを得ない日々に疲れ果て、約七年間の会社員生活に終止符を打つ。激務の日々のなか、本を読むことで「本来の自分」を取り戻していたというボルムさんは、退職後、「自分の本を出す」のを目標に、ひたすら読み、書く生活を始める。やがて作家としてのデビューを飾ったのがこの読書エッセイだ。二〇一七年に初版が刊行され、改訂版はその四年後に出された。幼いころから常に本が身近にあったというボルムさんが、自身の経験を交えながら、本と親しくなるためのヒントを五三篇のエッセイにまとめたものだ。

日韓ともに「本離れ」が指摘されて久しい。韓国の文化体育観光部（「部」は省に相当）が満一九歳以上の成人五〇〇〇人と小中高生二四〇〇人（小学生は四年生以上）を対象に調査した「二〇二三年　国民読書実態調査」によると、過去一年間に本（電子書籍・オーディオブック含む）を一冊も読まなかった人の割合は、成人が五七・〇％、小中高生は四・二％だったという。同様に、日本の文化庁が全国の一六歳以上の六〇〇〇人を対象に実施した二〇二三年度「国語に関する世論調査」の結果、一カ月に本（電子書籍含む）を一冊も読まないと答えた人の割合は六二・六％だった。韓国と日本で調査の対象や内容に多少の違いはあるものの、両国ともに「成人の約六割は日常的に本を一冊も読まない」状況にあることがわかる。なぜ本を読まない（または読書量が減った）のかについても、「仕事や勉強で忙しいから」「スマートフォンなど情報機器の使用に時間が取られるから」など、上位に挙げられた理由は日韓で共通していた。

本書はそんな、本を読みたいけれど時間がなくて読めない、読まなければとは思うがなかなか手が伸びない、という人におすすめの一冊だ。「どんな本を読めばいいかわからない」「本の内容に集中できない」「読んだ内容をすぐに忘れてしまう」「なぜ本を読まなければならないのか？」といった困りごとや疑問に対し、具体的な対応策やヒントを提示してくれる。いずれも著者自身の経験に基づいているので説得力がある。

そうした「読書指南」的な要素だけでなく、著者がこれまでに読んだ中で印象に残っている本もふんだんに紹介されているので、ブックガイドとしても楽しめるだろう。本書で言及されているのはいずれも韓国語で読める本だが、それらの中には邦訳版があるものも多く、また日本語で書かれた本も含まれているため、日本でも手に入れやすい。ジャンルは小説やエッセイをはじめ、ノンフィクション、人文書、科学書、古典など、幅広く取り上げられている。原書著者の出身地も、韓国や日本のほか、アメリカ、イギリス、フランス、ドイツ、イタリア、スイス、オーストリア、アイルランド、イスラエル、台湾、ウクライナ、ロシアなど、多様だ。巻末に参考文献としてまとめられているので（その数、実に一三七冊！）、本書を読んで気になった本があれば、ファン・ボルムさんの提示するヒントやアイデアを活用しながら読んでみるのもいいだろう。そういう意味で本書は、日常的に本を読まない「六割」の人のみならず、読む「四割」の人にとっても、読書の幅をさらに広げ、読む楽しさを膨らませてくれる一冊と言えるだろう。

本書の改訂版序文に「本を読むことは、わたしとは切っても切り離せないものだ。人生で問題が起きたら、最終的には本に答えを求めるしかないのだから。世の中が、人生が、自分自身が、あなたのことが気になるとき、理解できないとき、知りたいときは、やはり本を開くしかないのだから。（……）少しの勇気と、少しの強さを、わたしは本から得た」（P・6〜7）とある。以前ファン・ボルムさんとイベントや授賞式でご一緒した際、物静かながらも芯の強い人という印象を受けた。それはまさに、本を通してさまざまな物語や人々の生き方、考え方に触れることで「より勇気ある、より揺らがない人間」（P・7）になったことの表れだろうと、その後本書を翻訳しながら納得した。また、著書『ようこそ、ヒュナム洞書店へ』の随所ににじみ出ている登場人物たちの「本への思い」「本を愛おしむ気持ち」もやはりボルムさん自身のそれが多分に反映されていたのだなと、本エッセイを読んで確信した。

このエッセイは全体を通して、本に対するボルムさんの熱い思いにあふれているが、なかでも最終章「この世から本がなくなったら」では、本という存在が自身にとっていかに必要不可欠なものであるかが切々と綴られている。そんな熱い思いに触れればきっと誰しも、今すぐ何か本を手に取って読んでみたくなることだろう。

最後に、訳文を丁寧に点検してくれたキム・ジョンさん、刊行までの道のりを導いてくれた編集者の佐藤香さんをはじめ、本書の刊行に尽力してくださったすべての方に心から感謝申し上げる。

二〇二四年　初冬

牧野美加

『いま、希望を語ろう：
末期がんの若き医師が家族と見つけた「生きる意味」』
ポール・カラニシ（日本語版：田中文訳、早川書房）

『김상욱의 과학공부』キム・サンウク（日本語直訳『キム・サンウクの科学の勉強』、未邦訳）

『엄마 수업：법륜 스님이 들려주는 우리 아이 지혜롭게 키우는 법』
法輪
（日本語直訳『お母さんの授業：法輪僧侶が教えてくれる、
わが子を上手に育てる方法』、未邦訳）

『빗방울처럼 나는 혼자였다』
孔枝泳（日本語直訳『雨粒のようにわたしは一人だった』、未邦訳）

『嘘つきアーニャの真っ赤な真実』米原万里、KADOKAWA

『ローマ人の物語』シリーズ、塩野七生、新潮社

『잠 안 오는 밤에 읽는 우주 토픽：이보다 재미있는 ‘천문학’은 없었다』
イ・グァンシク
（日本語直訳『眠れない夜に読む宇宙のトピック：
これほどおもしろい「天文学」はなかった』、未邦訳）

『신동엽 전집』申東曄（日本語直訳『申東曄全集』、未邦訳）

『溺れるものと救われるもの』
プリーモ・レーヴィ（日本語版：竹山博英訳、朝日新聞出版）

『이스트를 넣은 빵』
チャン・ジョンイル著、キム・ヨンフン編
（日本語直訳『イーストを入れたパン』、未邦訳）

『華氏451度』レイ・ブラッドベリ（日本語版：伊藤典夫・小野田和子訳、早川書房 ほか）

『Book Was There: Reading in Electronic Times』
アンドリュー・パイパー（日本語直訳『そこに本があった：電子化時代に読むこと』、未邦訳）

この情報は2025年1月現在のものです。

『韓国が嫌いで』チャン・ガンミョン（日本語版：吉良佳奈江訳、ころから株式会社）

『あまりにも真昼の恋愛』キム・グミ（日本語版：すんみ訳、晶文社）

『マルコ・ポーロの見えない都市』
イタロ・カルヴィーノ（日本語版：米川良夫訳、河出書房新社）

「민들레」（日本語直訳「タンポポ」、未邦訳）111号、2017

『정희진처럼 읽기：내 몸이 한 권의 책을 통과할 때』
チョン・ヒジン
（日本語直訳『チョン・ヒジンのように読む：わたしの身体が一冊の本を通過するとき』、未邦訳）

『The Right to Useful Unemployment』
イヴァン・イリイチ（日本語直訳『有用な失業状態の権利』、未邦訳）

『Living the Good Life: How to Live Sanely and Simply in a Troubled World』
ヘレン・ニアリング、スコット・ニアリング
（日本語直訳『良い人生を送る：問題を抱えた世界で健全かつシンプルに生きる方法』、未邦訳）

『月と六ペンス』サマセット・モーム（日本語版：金原瑞人訳、新潮社 ほか）

『The Course of Love』アラン・ド・ボトン（日本語直訳『愛の行方』、未邦訳）

『82年生まれ、キム・ジヨン』チョ・ナムジュ（日本語版：斎藤真理子訳、筑摩書房）

『奥さんは小犬を連れて』
チェーホフ（日本語版：『新訳　チェーホフ短篇集』所収、沼野充義訳、集英社 ほか）

『아틀라스 중앙유라시아사』
キム・ホドン（日本語直訳『アトラス　中央ユーラシア史』、未邦訳）

『完全版　チェルノブイリの祈り：未来の物語』
スヴェトラーナ・アレクシエーヴィチ（日本語版：松本妙子訳、岩波書店）

『이별에도 예의가 필요하다』キム・ソンジュ（日本語直訳『別れにも礼儀が必要だ』、未邦訳）

『Sincères amitiès』ジャン＝ジャック・サンペ（日本語直訳『誠実な友情』、未邦訳）

『책읽기부터 시작하는 글쓰기 수업：무엇을 읽고, 어떻게 쓸 것인가?』
イ・グォヌ
（日本語直訳『本を読むことから始めるライティング授業：何を読み、どう書くのか?』、未邦訳）

『菜食主義者』ハン・ガン（日本語版：きむ ふな訳、CUON）

『그들은 한 권의 책에서 시작되었다：정혜윤이 만난 매혹적인 독서가들』
チョン・ヘユン
（日本語直訳『彼らは一冊の本から始まった：
チョン・ヘユンが出会った魅惑的な読書家たち』、未邦訳）

『異邦人』カミュ（日本語版：窪田啓作訳、新潮社 ほか）

『遠い太鼓』村上春樹、講談社

『知と愛』ヘルマン・ヘッセ（日本語版：高橋健二訳、新潮社 ほか）

『ラボ・ガール：植物と研究を愛した女性科学者の物語』
ホープ・ヤーレン（日本語版：小坂恵理訳、化学同人）

『문학소녀』キム・ヨンオン（日本語直訳『文学少女』、未邦訳）

『ロ・ギワンに会った』チョ・ヘジン（日本語版：浅田絵美訳、新泉社）

『蔵書の苦しみ』岡崎武志、光文社

『ぼくたちに、もうモノは必要ない。』佐々木典士、ワニブックス

『電気代500円。贅沢な毎日』アズマカナコ、CCCメディアハウス

『息子が殺人犯になった：コロンバイン高校銃乱射事件・
加害生徒の母の告白』
スー・クレボルド（日本語版：仁木めぐみ訳、亜紀書房）

『安西水丸：青山の空の下』玄光社MOOK

『傍観者の時代』ピーター・F・ドラッカー（日本語版：上田惇生訳、ダイヤモンド社）

『The Faraway Nearby』レベッカ・ソルニット（日本語直訳『近くて遠い場所』、未邦訳）

『スーザン・ソンタグの「ローリング・ストーン」インタヴュー』
ジョナサン・コット（日本語版：木幡和枝訳、河出書房新社）

『On ne voyait que le bonheur』
グレゴワール・ドラクール（日本語直訳『わたしたちは幸せしか見ていなかった』、未邦訳）

『旅行与读书』詹宏志（日本語直訳『旅行と読書』、未邦訳）

『人生の半ば』ルイーゼ・リンザー（日本語版：稲木勝彦訳、三修社）

『소설가의 일』キム・ヨンス（日本語直訳『小説家の仕事』、未邦訳）

『천천히, 스미는 : 영미 작가들이 펼치는 산문의 향연』
ホルブルック・ジャクソンほか著、カン・ギョンイ、パク・チホン編
（日本語直訳『ゆっくり、染みる：英米作家たちの繰り広げる散文の饗宴』、未邦訳）

『ハックルベリー・フィンの冒けん』
マーク・トウェイン（日本語版：柴田元幸訳、研究社 ほか）

『무지개와 프리즘』イ・ユンギ（日本語直訳『虹とプリズム』、未邦訳）

『웬만해선 아무렇지 않다 : 웃음과 눈물의 절묘함 특별한 짧은 소설』
イ・ギホ（日本語直訳『少々のことでは動じない：笑いと涙の絶妙さ　特別な掌編小説』、未邦訳）

「Cine21」1097号、2017

『本の愉しみ、書棚の悩み』アン・ファディマン（日本語版：相原真理子訳、草思社）

『위험한 독서』キム・ギョンウク（日本語直訳『危険な読書』、未邦訳）

『利己的な遺伝子』
リチャード・ドーキンス（日本語版：日髙敏隆・岸由二・羽田節子・垂水雄二訳、紀伊國屋書店）

『エセー：日々の生活』ジャン・グルニエ（日本語版：大久保敏彦訳、国文社）

『ぼくはこんな本を読んできた：立花式読書論、読書術、書斎論』
立花隆、文藝春秋

『공부할 권리 : 품위 있는 삶을 위한 인문학 선언』
チョン・ヨウル（日本語直訳『学ぶ権利：品位ある人生のための人文学宣言』、未邦訳）

『느낌의 공동체』シン・ヒョンチョル（日本語直訳『感覚の共同体』、未邦訳）

『大聖堂』レイモンド・カーヴァー（日本語版：村上春樹訳、中央公論新社）

『Au Bon Roman』ローランス・コセ（日本語直訳『良い小説へ』、未邦訳）

『당신에게 말을 건다 : 속초 동아서점 이야기』
キム・ヨンゴン（日本語直訳『あなたに語りかける：東草 東亜書店の物語』、未邦訳）

『フロベールの鸚鵡』ジュリアン・バーンズ（日本語版：斎藤昌三訳、白水社）

『ボヴァリー夫人』ギュスターヴ・フローベール（日本語版：芳川泰久訳、新潮社 ほか）

『실패를 모르는 멋진 문장들 : 원고지를 앞에 둔 당신에게』
クム・ジョンヨン
（日本語直訳『失敗を知らない素敵な文章たち：原稿用紙を前にしたあなたへ』、未邦訳）

『テクストのぶどう畑で』イヴァン・イリイチ（日本語版：岡部佳世訳、法政大学出版局）

『生きるということ』エーリッヒ・フロム（日本語版：佐野哲郎訳、紀伊國屋書店）

『種の起源』チョン・ユジョン（日本語版：カン・バンファ訳、早川書房）

『ブルックリン』コルム・トビーン（日本語版：栩木伸明訳、白水社）

『ミステリ原稿』オースティン・ライト（日本語版：吉野美恵子訳、早川書房）

『アンナ・カレーニナ』トルストイ（日本語版：望月哲男訳、光文社 ほか）

『책에 미친 바보 : 조선의 독서광・이덕무・산문선』
李德懋（日本語直訳『本に狂った馬鹿：朝鮮の読書狂・李德懋・散文選』、未邦訳）

『Yoga for People Who Can't be Bothered to Do it』
ジェフ・ダイヤー（日本語直訳『ヨガをするのが面倒な人のためのヨガ』、未邦訳）

『Tolstoy and the Purple Chair: My Year of Magical Reading』
ニナ・サンコビッチ
（日本語直訳『トルストイと紫の椅子：わたしの魔法のような読書の一年』、未邦訳）

『かみそりの刃』サマセット・モーム（日本語版：中野好夫訳、筑摩書房 ほか）

『読書の歴史：あるいは読者の歴史』
アルベルト・マングェル（日本語版：原田範行訳、柏書房）

『La première chose qu'on regarde』
グレゴワール・ドラクール（日本語直訳『わたしたちが最初に見るもの』、未邦訳）

『상대성이론／나의 인생관』
アインシュタイン（日本語直訳『相対性理論／わが人生観』、未邦訳）

『哲学者とオオカミ：愛・死・幸福についてのレッスン』
マーク・ローランズ（日本語版：今泉みね子訳、白水社）

『감옥으로부터의 사색』申栄福（日本語直訳『監獄からの思索』、未邦訳）

『本を書く』アニー・ディラード（日本語版：柳沢由実子訳、パピルス）

『論語』孔子（日本語版：金谷治 訳注、岩波書店 ほか）

『エルサレムのアイヒマン：悪の陳腐さについての報告』
ハンナ・アーレント（日本語版：大久保和郎訳、みすず書房）

『ニコマコス倫理学』アリストテレス（日本語版：渡辺邦夫・立花幸司訳、光文社 ほか）

『明日の幸せを科学する』ダニエル・ギルバート（日本語版：熊谷淳子訳、早川書房）

『読んでいない本について堂々と語る方法』
ピエール・バイヤール（日本語版：大浦康介訳、筑摩書房）

『Bücher: vom Papyrus zum E-book』
ウーヴェ・ヨッフム（日本語直訳『書籍：パピルスから電子書籍へ』、未邦訳）

『アナログの逆襲：「ポストデジタル経済」へ、
ビジネスや発想はこう変わる』
デイビッド・サックス（日本語版：加藤万里子訳、インターシフト）

『ゾマーさんのこと』
パトリック・ジュースキント著、ジャン＝ジャック・サンペ絵（日本語版：池内紀訳、文藝春秋）

『復活』トルストイ（日本語版：藤沼貴訳、岩波書店 ほか）

『増補 遅読のすすめ』山村修、筑摩書房

『Marcher, une philosophie』
フレデリック・グロ（日本語直訳『歩く、その哲学』、未邦訳）

『사랑하고 쓰고 파괴하다：청춘을 매혹시킨 열 명의 여성 작가들』
イ・ファギョン
（日本語直訳『愛し、書き、破壊する：青春を魅惑した一〇人の女性作家たち』、未邦訳）

『싸울 때마다 투명해진다』ウニュ（日本語直訳『闘うたびに透明になる』、未邦訳）

『희망이 외롭다』キム・スンヒ（日本語直訳『希望が寂しい』、未邦訳）

『Vormittag eines Schriftstellers』
マルティン・ヴァルザー（日本語直訳『作家の朝』、未邦訳）

『아픔이 길이 되려면：정의로운 건강을 찾아 질병의 사회적 책임을 묻다』
キム・スンソプ（日本語直訳『苦しみが道になるには：
正義にかなった健康を求め、疾病の社会的責任を問う』、未邦訳）

『침대와 책：지상에서 가장 관능적인 독서기』
チョン・ヘユン（日本語直訳『ベッドと本：地上でもっとも官能的な読書記』、未邦訳）

『やんごとなき読者』アラン・ベネット（日本語版：市川恵里訳、白水社）

『ブルックリン・フォリーズ』ポール・オースター（日本語版：柴田元幸訳、新潮社）

『昼のセント酒』久住昌之、カンゼン

『소설 마시는 시간：그들이 사랑한 문장과 술』
チョン・インソン（日本語直訳『小説を飲む時間：彼らの愛した文章と酒』、未邦訳）

『정확한 사랑의 실험』シン・ヒョンチョル（日本語直訳『正確な愛の実験』、未邦訳）

『薔薇の名前』ウンベルト・エーコ（日本語版：河島英昭訳、東京創元社）

『ウォールデン　森の生活』ヘンリー・D・ソロー（日本語版：田内志文訳、KADOKAWA）

『エセー』モンテーニュ（日本語版：宮下志朗訳、白水社 ほか）

『Pourquoi Lire?』シャルル・ダンツィーグ（日本語直訳『なぜ読むのか?』、未邦訳）

『嘔吐』ジャン＝ポール・サルトル（日本語版：鈴木道彦訳、人文書院 ほか）

『図書館：愛書家の楽園』アルベルト・マングェル（日本語版：野中邦子訳、白水社）

『人生の短さについて』セネカ（日本語版：中澤務訳、光文社 ほか）

『ファウスト』ゲーテ（日本語版：粂川麻里生訳、作品社 ほか）

『全泰壹評伝』趙英来（日本語版：大塚厚子・田中敦・福井ちえ子・堀千穂子訳、柘植書房新社）

『Wild Mind: Living the Writer's Life』
ナタリー・ゴールドバーグ
（日本語直訳『ワイルドマインド：作家としての人生を生きる』、未邦訳）

『非社交的社交性：大人になるということ』中島義道、講談社

『ネット・バカ：インターネットがわたしたちの脳にしていること』
ニコラス・G・カー（日本語版：篠儀直子訳、青土社）

『その日暮らし』
ポール・オースター（日本語版：『トゥルー・ストーリーズ』所収、柴田元幸訳、新潮社）

『Ohne Netz: Mein halbes Jahr offline』
アレックス・リューレ（日本語直訳『ネットなし：わたしの半年間のオフライン』、未邦訳）

『The Winter of Our Disconnect:
How Three Totally Wired Teenagers
(and a Mother Who Slept with Her iPhone) Pulled the Plug on
Their Technology and Lived to Tell the Tale』
スーザン・マウシャート
（日本語直訳『わたしたちの非接続の冬：ネット漬けの三人のティーンエイジャー
（およびiPhoneと共に眠る母親）が、
いかにテクノロジーのプラグを抜き、話をするために暮らしたか』、未邦訳）

『デーミアン』ヘッセ（日本語版：酒寄進一訳、光文社　ほか）

『なぜ古典を読むのか』イタロ・カルヴィーノ（日本語版：須賀敦子訳、河出書房新社）

『ゴドーを待ちながら』
サミュエル・ベケット（日本語版：安堂信也・高橋康也訳、白水社 ほか）

『Wie wollen wir leben?』
ペーター・ビエリ（パスカル・メルシエ）（日本語直訳『わたしたちはどう生きたいか？』、未邦訳）

『書記バートルビー』
メルヴィル（日本語版：『書記バートルビー／漂流船』所収、牧野有通訳、光文社　ほか）

『나는 매번 시 쓰기가 재미있다 : 젊은 시인 12인이 털어놓는 창작의 비밀』
ファン・インチャンほか
（日本語直訳『わたしは毎回、詩を書くのが楽しい：若き詩人12人が明かす創作の秘密』、未邦訳）

参考文献

『メエルシュトレエムに呑まれて』
エドガー・アラン・ポオ（日本語版：『筑摩世界文學大系37』所収、筑摩書房 ほか）

『もうすぐ絶滅するという紙の書物について』
ウンベルト・エーコ、ジャン＝クロード・カリエール
（日本語版：工藤妙子訳、阪急コミュニケーションズ）

『嫌われる勇気：自己啓発の源流「アドラー」の教え』
岸見一郎、古賀史健、ダイヤモンド社

『世界の使い方』ニコラ・ブーヴィエ（日本語版：山田浩之訳、英治出版）

『職業としての小説家』村上春樹、新潮社

『地球星の旅人：インドの風に吹かれて』
リュ・シファ（日本語版：米津篤八訳、NHK出版）

『저, 죄송한데요』イ・ギジュン（日本語直訳『あの、すみませんが』、未邦訳）

『읽다：김영하와 함께하는 여섯 날의 문학 탐사』
キム・ヨンハ（日本語直訳『読む：キム・ヨンハと共にする六日間の文学探査』、未邦訳）

『サピエンス全史：文明の構造と人類の幸福』
ユヴァル・ノア・ハラリ（日本語版：柴田裕之訳、河出書房新社）

『哲学のなぐさめ：6人の哲学者があなたの悩みを救う』
アラン・ド・ボトン（日本語版：安引宏訳、集英社）

『Drei Geschichten und eine Betrachtung』
パトリック・ジュースキント（日本語直訳『三つの物語と一つの考察』、未邦訳）

『못 가본 길이 더 아름답다』
朴婉緒（日本語直訳『行ったことのない道のほうが美しい』、未邦訳）

ファン・ボルム

황보름

小説家、エッセイスト。大学でコンピューター工学を専攻し、LG電子にソフトウェア開発者として勤務した。転職を繰り返しながらも、「毎日読み、書く人間」としてのアイデンティティーを保っている。

著書として、エッセイは本書のほか、『生まれて初めてのキックボクシング』、『このくらいの距離がちょうどいい』（いずれも未邦訳）がある。

また、初の長篇小説『ようこそ、ヒュナム洞書店へ』（牧野美加訳、集英社）が日本で2024年本屋大賞翻訳小説部門第1位を受賞した。

牧野美加

まきの・みか

1968年、大阪生まれ。釜慶大学言語教育院で韓国語を学んだ後、新聞記事や広報誌の翻訳に携わる。

第1回「日本語で読みたい韓国の本 翻訳コンクール」最優秀賞受賞。

ファン・ボルム『ようこそ、ヒュナム洞書店へ』（集英社）のほか、チャン・リュジン『仕事の喜びと哀しみ』（クオン）、ジェヨン『書籍修繕という仕事：刻まれた記憶、思い出、物語の守り手として生きる』（原書房）、キム・ウォニョンほか『日常の言葉たち：似ているようで違うわたしたちの物語の幕を開ける16の単語』（葉々社）、イ・ジュへ『その猫の名前は長い』（里山社）など訳書多数。

装画＊犬吠徒歩

装丁＊アルビレオ

매일 읽겠습니다
I'LL READ EVERY DAY
By HWANG BO REUM

Original Korean edition published by Acertainbook
Japanese translation rights arranged with Acertainbook
through BC Agency and Japan UNI Agency.

This book is published with the support of
the Literature Translation Institute of Korea (LTI Korea).

毎日《まいにち》読《よ》みます

2025年 3月10日 第1刷発行
2025年 6月 7日 第3刷発行

著 者 ファン・ボルム

訳 者 牧野美加《まきのみか》

発行者 樋口尚也

発行所 株式会社集英社
〒101-8050 東京都千代田区一ツ橋2-5-10
電話 03-3230-6100（編集部）
03-3230-6080（読者係）
03-3230-6393（販売部）書店専用

印刷所 株式会社DNP出版プロダクツ

製本所 加藤製本株式会社

ISBN978-4-08-773529-1 C0098